PAUL CLAUDEL
认识东方
Connaissance de l'Est

〔法〕克洛岱尔　　　　　　　　　　著
余中先　　　　　　　　　　　　　　译

图书在版编目(CIP)数据

认识东方/(法)克洛岱尔著;余中先译.
—北京:人民文学出版社,2021(2025.1重印)
(巴别塔诗典)
ISBN 978-7-02-016916-0

Ⅰ.①认… Ⅱ.①克…②余… Ⅲ.①散文诗-诗集
-法国-现代 Ⅳ.①I565.25

中国版本图书馆 CIP 数据核字(2021)第 005822 号

责任编辑　朱卫净　何炜宏
装帧设计　李苗苗

出版发行　人民文学出版社
社　　址　北京市朝内大街 166 号
邮　　编　100705

印　　刷　凸版艺彩(东莞)印刷有限公司
经　　销　全国新华书店等

字　　数　140 千字
开　　本　889 毫米×1194 毫米　1/32
印　　张　11.25
插　　页　5
版　　次　2021 年 10 月北京第 1 版
印　　次　2025 年 1 月第 2 次印刷

书　　号　978-7-02-016916-0
定　　价　79.00 元

如有印装质量问题,请与本社图书销售中心调换。电话:010-65233595

目录

认识东方 _1
  香港 _3

(1895—1900) _7
  椰子树 _9
  塔寺 _12
  城之夜 _20
  园林 _26
  阴历七月亡灵节 _32
  海上遐想 _36
  世界大城市 _38
  戏台 _41
  坟墓——喧嚣 _45
  大地之入口 _51
  符号的崇拜 _55
  榕树 _60
  走向山野 _63
  高处之海 _66

良心寺 _68

十月 _71

十一月 _73

绘画 _77

静观者 _79

十二月 _81

暴风雨 _83

猪 _85

偏流 _88

门 _91

江 _94

雨 _97

游廊之夜 _99

月光 _101

梦 _103

酷热 _107

城市之观 _109

顺流而下 _111

钟 _113

陵墓 _118

水之忧 _123

夜航船 _125

运河边的小憩 _127

松 _132

林中金拱门 _137

漫步者 _144

这里和那里 _147

深居简出者 _158

从大海望陆地 _162

致意 _164

悬空屋 _168

泉 _171

正午潮 _174

海上遇险 _177

关于光的主张 _180

花园中的时辰 _183

谈大脑 _189

离开这片土地 _193

(1900—1905) _197

灯与钟 _199

天照大神的解放 _203

拜访 _213

米 _215

点 _218

浇祭未来 _220

万河节那一天 _222

金黄时节 _225

解体 _226

仿中国小诗 _229

出发 _231

回乡（一）_232

回乡（二）_233

月下（对歌）_234

招呼 _235

目光 _236

白霜 _237

飞箭 _238

蓝夜 _239

皱纹的脸 _240

日光里的惆怅 _241

赠剑 _242

荒山 _243

杜鹃 _244

塞下曲（一）_245

塞下曲（二） _246

喜满小径 _247

金缕衣 _248

水底的乐班 _249

冰河 _250

钟声 _251

两重的目光 _252

仿中国诗补 _253

竹林里 _255

江上 _256

圆月 _257

柳叶 _258

少年行 _259

情人星 _260

渔人 _261

客舍月 _262

绝望 _263

橘叶的影子 _264

心中之房屋 _265

那边一个女人在歌唱 _267

醉文 _268

哦，可怜的居民 _269
我想写 _270
晴日 _271
诗人，来点墨 _273

散诗重拾（选） _275
圆瓶的馈礼 _277
一次拍卖 _278
盘子和小瓶 _284
宋朝的铜器 _287
屏风 _292
道德经 _294
茶之醉 _296
喜悦 _298

附录一　年表：克洛岱尔在中国 _299
附录二　克洛岱尔与中国传统文化 _303
附录三　克洛岱尔《仿中国小诗》《仿中国诗补》小考 _327

认识东方[*]

---

[*] 《认识东方》(*Connaissance de l'est*) 中的各篇均写于 1895 年之后,那时,克洛岱尔到达中国后,在上海、汉口、福州、北京、天津等地当外交官。有的诗篇从 1895 年起就零星发表在当时的报刊上,而第一次结集出版是在 1900 年(巴黎,水星出版社),此后,分别于 1907、1914、1921、1925、1928、1952、1960 年多次再版。

在 1916 年 11 月 4 日的一次讲座中,克洛岱尔曾这样谈到《认识东方》中的一些文本:"《认识东方》是一本由很多的小小图景所构成的书,那是我多年前写的关于中国的描绘,当时,我是非常细心地写作的,我当年所经历的那种极端的清净允许我那样做,对我来说,这从某种意义上也是一种研究和练习,就像一个钢琴家所需要做的那样。或者,假如你们愿意的话,我可以说,那是一扇扇窗户,朝向一种异国风情的景色而打开,见证了被种种幻想所剪裁的形式。"(Paul Claudel, *Oeuvre poétique*, Bibliothèque de la Pléiade, NRF, 1957, p.1092.)

香　港 ①

眼下，香港以及构成其门户的各个岛屿，全被抛在我们的身后，那般的细，那般的小，伸手一把抓去几乎就可揽尽一切。

但是，眺望中，当人们用望远镜把它们拉过来时，还是能清清楚楚地阅尽所有的细节。

万物并不停止存在，只是被我们甩在了后边，

南澎岛②的航标灯始终还在我们身后的黑夜中旋转，而我们却已进入兄弟屿③的周界线。

从奥克森到礼拜堂岛，有七十英里的水路，之所以如此命名这个岛，是因为它那小土冈的形状，

---

① 《香港》(Hong-Kong) 一诗的原稿中标明的写作日期为1927年6月26日，是克洛岱尔为《认识东方》1928年版本所写的序言，后来的《认识东方》各个版本，都把这一首诗放在最前面，作为"序诗"。从内容来看，诗篇写的是他1921年一次渡海绕经南中国海的感受，当时他坐船从印度支那前往日本赴任，途经了香港。
② 南澎岛（Lamock），又名大澎、南澎高岛。在广东汕头的南澳县南澎列岛北部，西北距南澳岛二十来公里，距陆地鸡笼角仅三十五公里。
③ 兄弟屿（des Frères），在东山岛东边的海上。

多德岛的三重光线为我们带来转头岛的一道长久目光,

如此低迷,混杂于那些灾难之星中,凌晨两点钟时能够碰上,

我怀着一颗揪得紧紧的心,又一次看到,在我左侧,一时间里重现了群犬岛①的灯光。

让我们跟大海一起沉沉地睡去,适应轮机工作时的宁静。

这一夜我将最后一次跟中国一起酣睡,直到天明。

在我们的身后万物并没有因为我们到了外面而停止生存。

这一古旧的世界,只有这么一个有过众多的黑暗世纪、十八省②和四大附属番邦的中国,只有这么一个遵承了末代皇帝之运,

从南到北展开一片柔软的大平原,广袤的庄稼地,而蓝色的风吹过了鞑靼人的草地。

有着道台大人和四抬大轿的古老中国,满是垃

---

① 奥克森(Ocksen)、礼拜堂岛(Chapel Island)、多德岛(Dodd's Island)、转头岛(Turnabout)、群犬岛(des Chiens),应该都是从之间航道上克洛岱尔见到过航标灯塔的地方。
② 中国清代有"十八省"或十八行省,是历史学界一种公认的说法。

坂，满是灯笼，满是鬼戏，

这个竹筏①，只有它这么一个才拥有着漫长漫长的往昔，一时间里我不禁又缠绕到它的边沿，成为了它的一部，

因为它已经在身后沉没，我无法相信它已然结束！

我等候着没有脸容没有嗓音的骑士，呈送上无人辨认的天书，

他前来接过我，而我将跨坐在他的马鞍上，穿越黄色的水流！

啊，就让我最后一次融入我背后这个充满了欢乐与痛苦的地方！

就让我再度证实一下福州，以一种回顾和怀旧来重访。

有那么多物事在向我招呼，我感觉到了，却把它们忽略！

就让我重新找到这些伟大眼泪的根源，我不想把它们忘却！

时间太晚了，已是午夜了，但我知道我将重新找见我的故屋旧人，

---

① 竹筏（radeau），诗人把中国的海岸比作"漂浮在水面上的筏子"。

我用手杖狠敲大门，隐约有人在地下室里动弹，会来开门，

等他艰难地打开锁栓，拉开那一扇单薄的门扉，

我的心跟这张陌生的脸产生了共鸣，随着黑暗的洞开，我们心心相随！

巴黎，1927年6月26日

(1895—1900)

椰子树 ①

我们家乡的任何一种树,全都像一个人那样挺立,但纹丝不动;它的根系深深地扎在土地中,只有胳膊向着前后左右伸展而出,而在这里,神圣的榕树并不只是往上长:一丝丝的枝条垂落下来,似乎在回头寻找大地的胸膛,像是一座孕育了它自身的庙宇。但是,我在这里想说一说的,只是椰子树。

它没有任何枝条;在它茎干的顶端,竖立着一大蓬棕榈叶。

棕榈叶是胜利的徽章,它高悬于空中,像树梢上硕大的顶冠,它向前冲锋,向四周扩展,在光明中嬉戏,摇摇晃晃地屈从于它自由的重量。因炎热的白天,漫长的中午,椰子树在一种幸福的心醉神迷中伸展并岔开它的棕榈叶,彼此分离,分岔,像是小孩子

---

① 《椰子树》(*Le Cocotier*)本篇写于 1895 年 7 月,克洛岱尔坐船从法国的马赛前来中国的上海赴任(并于 7 月 14 日到达上海)。根据这一诗篇的内容来看,写的应该是路途的印象,尤其是途经斯里兰卡的印象。

们的一个个脑瓜，团团围定了又绿又圆的椰子球。椰子树正是这样，做出了动作，显现出自己的心。因为当它一直敞开心扉深处时，下面的那些棕榈叶便会下沉，耷拉，而中间的那些叶片，则会尽可能低地向四面伸展，而上部的那些叶片，则使劲地向上翘起，像是一个不知道该拿自己的双手怎么办的人，或者像是一个人在表示他已经投降，慢慢地做出举手的动作。它的叶柄根本不是一种无法伸屈的木质，而是带有很多环纹，像是一株草，又软又长，乖乖地听从于大地的梦想，或是径直地伸向太阳，或是低垂下它巨硕的叶丛，摇曳在湍急而又泥浊的河流之上，在碧海与蓝天之上。

　　夜晚，我沿着海岸的硬土地走回，满海滩都是可观的浪沫，由这狮子般的印度洋雷鸣似的咆哮的浪潮所携来，被西南季风一路推向前，当我走在这片海岸上时，满地都是掉落的棕榈叶，活像小船儿或小动物的遗骸，这时，我看到左边，一圈椭圆的天盖底下，有那么一片茫然无物的森林，像是一些巨大的蜘蛛，正在微明微暗的天空中上上下下地斜向攀爬。闪亮的金星，好似一轮明月，浸透了最纯洁的清辉，在水面上倒映出一片光亮。而一棵椰子树，垂头俯瞰着大海与金星，像是一个因爱情而心力交瘁的人，做着动作，要把他的心凑近天上的星火。当已然走掉的我再度返回时，我将回想起这一夜晚。我看到长长的秀发披散下来，而透过森林那高高的柱廊，我还看到了天空，风暴正把它的脚踏在大海上，像一座高山那样巍然升起，而紧擦着地面，则是汪洋大海的一片苍白之色。

我将记得你，锡兰①！记得你的枝叶，你的果实，还有你那眉清目秀的人们，他们赤裸着身子，行走在你那芒果果肉色的道路上，还有那些长长的玫瑰色花朵，那是拖着我走的人最终放在我膝盖上的，那时，我热泪盈眶，心中充满苦痛，咀嚼着一片樟树叶，在你多雨的天空下蹒跚而行！

[1895 年 7 月]

---

① 锡兰（Ceylan），今称斯里兰卡。

塔　寺[①]

　　我跳下黄包车，一个面目狰狞的乞丐标志了那段道路的开端。他瞎了一只眼，另一只眼中满是血污和脓水，一张丑陋的嘴边全是麻风病带来的溃烂，连嘴唇都烂光了，骨头一般的黄牙齿连牙龈也都露了出来，活像是兔子的长长门牙，他就那样呆呆地瞧着，而他脸上也就没有其他的什么了。在通向这样一个城门口的街道两旁，麇集着一排排的可怜人，街面上则满是行人，还有很多独轮车，车上负载了大包小包，还有女人。乞丐中，岁数最大也最胖的那个被人叫做丐帮王；因为母亲之死而变成了疯子，人们都说，他一直就把他母亲的骷髅头带在身上，就藏在衣服底下。走在最后的，是两个老太太，破衫褴褛，鹑衣百结，黑黢黢的脸上蒙了一层土路上的灰尘，她们时不

[①]《塔寺》(*Pagode*) 这篇散文诗于1895年底写于上海，根据克洛岱尔的日志本记载，抄写于1896年1月15日。从内容来看，极可能是游历上海南郊的龙华寺之后写下的感想。

时地跪下来，哼唱出那样一种哀怨的曲调，且不断地被叹气和逆嗝声打断，显示出这些陷入罪恶深渊的人的职业性绝望。

远远地，透过一丛丛竹林，我已经瞥见了塔寺，为了抄近路，我从田地里斜插过去。

乡野的这一带是一片宽阔的坟地。到处散布着大大小小的坟墓；只见一个个坟茔上覆盖干枯了的芦苇，而在一片片枯草中，则是一排排小石碑，还有一些石雕的戴冠之人，一些石狮子，标志那里曾有过古老的坟墓。那些商会人士，那些富人，曾在此建造过气派的高头大墓，四周则围绕着树木和绿篱。我从一个收容所和一口井之间经过，收容所是为小狗小猫等小动物开设的，而那口井里则满是小女孩的尸体，那都是她们的父母迫于生计而狠心丢弃的。一旦井里填满了女婴，就得把井口封起来，另外再开挖一口新井。

天气很热；天空碧蓝；我行走在十二月的阳光下。

一群野狗看到了我，吠叫起来，四下逃散；我慢慢走近了，我走过了那些屋顶乌黑的村庄，我穿越了种着棉花和蚕豆的田垄，河水流过毁坏了的老桥，在我的右手边留下了一些荒芜的高房子（那是一个粉剂厂），我来到了。人们听到了一阵铃铛和鼓的声响。

我面前，矗立着七层楼阁的高塔。一个脑袋上扎了镀金色头巾的印度人，还有一个头戴深紫红色丝绸筒帽的帕西人①走了进来；另外还有两个男士在最后的那个阳台上转圈。

首先必须说一说那塔寺本身。

它由三个庭院和三座殿堂组成，两旁还有一些侧殿和耳房。这里的宗教之地，全然不像在欧洲那样独一而又闭合，它并不把一种信仰和一种相应学说的神秘性封闭在其中。它的功能不是保护绝对精神来抵挡种种外在的表象；它具体体现了某一种环境，从某种程度上来说，这情境悬置在天上，因为这塔寺的建筑把整个的大自然跟它所供奉的祭献混杂在了一起。它风格多样，拔地而起，它通过它所奉献的三座圆拱门或曰三座殿堂的高度与距离之间的关系，表达了空间的概念；而菩萨，和平之王子，就跟所有的神明一起居住其中。由此说来，中国的建筑消除了围墙；它扩大并增添了屋顶，并且，通过夸张展现风度翩翩地高高翘起的屋顶之角，把运动和圆弧转向了天空；这些角像是悬置在半空中，而屋顶的建造越是广阔，越是

---

① 在印度，信仰琐罗亚斯德教（唐代称祆教）的人叫帕西人（Parsi），即"波斯人"，是不愿改宗伊斯兰教而从伊朗迁居印度的琐罗亚斯德教信徒的后裔。

能承重，则因其自身分量的关系，其尽情伸展的羽翼往底下投射的整个阴影也就越大，它的轻盈性就越是增大。由此，黑瓦的使用便形成了深深的沟槽，强烈的棱边，在屋顶之上让日光尽情地流连忘返，勾勒出极其鲜明而引人注目的屋脊线：精细的花纹图案，清清楚楚地烘托在一片清澈的空气中。由此，庙宇成了一个柱廊，一袭华盖，一顶天篷，它每边翘起来的檐角似乎融化在了云彩中，而泥瓦的偶像则井然有序地排列在它的阴影中。

一个镀金的胖大菩萨塑像安居于第一个柱廊底下。他右脚拳曲，收到了身子底下，标志着静悟的第三种姿势，大彻大悟。他的眼睛紧闭着，但是透过黄金的表皮，能够看到一张紧绷的嘴上红红的唇肉，那长长的嘴巴在唇角处大大地咧开，像是一道通风窗，呈现出一个横向的 8 字，他笑容满面，但那张脸上明明写满了睡意。这个肥胖的苦行僧在享受什么乐趣呢？大殿的两旁，竖立着四个泥塑彩描的巨大的金刚神，两个在左，两个在右，腿脚都很短，胸部却极其巨大，这是四个凶神，是四大天门的守护者。他们的脸上全无胡须，像小孩子一样，其中一个手中舞动着蛇，另一个弹响了一面琵琶，第三个挥舞着一个圆锥形的物件，像是一把收拢的阳伞或是一管鞭炮。

我钻入了第二进庭院；院中央摆放了一个生铁铸的巨大香炉，炉身遍体镌刻了许多文字。

　　现在，我面对着庞大的正殿。在屋顶的脊线上，有一组彩色塑描的小小人物，站立着，仿佛正要从一侧缓缓走向另一侧，或是正准备开口交谈。屋脊上，两个端角的地方，有两条玫瑰色的鱼儿挺立，尾巴就在空中摇曳，仿佛随时要飞腾入天，铜丝做成的长须蜷曲起来，颤巍巍地抖动不已；正中央，有两条青龙，嬉戏争抢着一颗神秘的明珠。我听到了歌咏声和铜器的敲击声，而通过敞开的门，我看到了僧侣们正列队整齐，缓缓地鱼贯行进。

　　大殿又高又深，十分宽阔，四五尊镀金的大佛塑像占据着正面的深处。最大的一尊佛端坐于中央的莲花宝座上。他的眼睛和嘴巴全都闭着，他的双脚盘拢，收在身子底下，而他的一只手伸出来，指向地面，做"证果之姿"。如此，在神圣之树木下，孕育了完美的菩萨：摆脱了众生之轮回，修成正果，进到自身的永恒入定中。另一些小神小仙则位于他的上方，身子下坠，同样低垂着眼睛，气沉丹田。天界的菩萨端坐在莲花座上，他们是观音菩萨，阿弥陀佛，无限光明佛，西方极乐世界佛。在他们的脚下，和尚们不慌不忙地进行着他们的礼拜仪式。他们全都身穿一种灰色的袈裟，那是一件微微有着铁锈色色调的长外套，系紧在肩膀上，像是罗马人的托加长袍，下身是一种肥腿的套裤，白布的，一些人的脑袋上还戴着一顶圆圆的法帽。另一些僧侣则亮出剃得精光的脑袋，头顶上炙烫出的白色斑点则标志了他们誓愿的数目。他们排着整齐的队伍，一边喃喃念动经文，一边缓缓前行。走在队伍最后的，是一个只有十来岁的小男孩。

我从殿侧的夹道，进入到第三进院落中，这里坐落着第三座佛殿。

有四个和尚，栖身在高高的梯凳上，在门内盘膝静坐，陷入了冥想。他们的鞋子留在身前的地上，他们的脚看不到，他们那一副不可称量的状态，仿佛就端坐在自己的思维之上。他们纹丝不动，没有半点动作；他们的嘴和眼睛全都闭合，整张如被浸泡透了的脸上，只显露出几道褶子，几条皱纹，活像是肚脐眼之类的伤疤。他们那呆无生气的意识就足以消化他们的智力了。大殿中央的一个佛龛底下，我隐约瞥见了另一尊菩萨那闪闪发亮的四肢。一长列偶像沿着四面墙壁或坐或立，隐藏在了昏黑的阴影中。

我转身返回，从后面反过来看中央大殿。在风火山墙的高处，有一个描画得五颜六色的三角楣，图案表现了某个发生在橄榄树林中的传说故事。我又走进殿里。一座祭坛上，展示了众多巨幅雕像，而祭坛背后，则是一大面涂描了色彩的巨大浮雕像。阿弥陀佛在一团团熊熊燃烧的烈焰和一大群守护神之中升腾上天。低挂在大殿侧旁的太阳，从壁板上方镂空的窗棂中斜照进来，水平方向的光芒扫荡了大厅昏暗的躯壳。

和尚们继续进行他们的礼拜仪式。现在他们跪倒在众神雕像的面前，咏唱起一首梵歌，主唱的那一位，站立在一口浮筒形状的钟的前面，引导着敲鼓和打铃的节奏；每唱完一句，他就会猛地敲一下手边的磬，于是，他那个大肚铜尊便会发出一记洪亮的声响来。然后，和尚们排成两列，面面相对，念诵起来某种连祷经来。

两边的房舍都是僧侣居住的禅房。一个和尚走进了禅房，拎了一桶水。我瞧了瞧斋堂，那里头，原本空空的桌子上已经摆放好了盛饭的碗，两个一对，两个一对。

我又一次来到了高塔前。

恰如塔寺以其院落和建筑体系来表达空间上的延展与维度，宝塔本身所表达的则是高度。它与天空并行而立，并为天空提供了一种衡量。七层高八角形的宝塔是对神秘的七重天的一种切割。建筑师很艺术地为它设计了一个个尖角，还有高高翘起的边缘；每一层都在其底下造出它的重影；每个檐顶的角上，它都要系上一个铜铃，而钟舌上的小球都悬在外侧。作为被拴连束缚的音节，它是每一层天难以觉察的噪音，而听不见的声响就像一滴水那样悬挂在那里。

对这塔寺，我再没有什么话可说了。我也不知道人们是如何称呼它的。

〔1896年1月〕

城之夜[1]

天下着毛毛小雨,夜幕降临了。巡捕走在头里,他不再讲当年的那个故事了,讲他当年在占领军的伙房中做小小学徒时,曾看到营长居住在寿星大仙的殿堂里。他朝左一拐。我们走的那条路很简单:要经过一连串的小巷、通道、台阶和边门暗道,我们进入了庙宇的庭院中,这庙,以它那屋脊高高翘起、檐角又长又尖的建筑,在苍茫夜空中构成了一个黑黢黢的画框。

一片微弱的灯火从黑暗的大门那里照来。我们钻入了大厅。

洞穴中充满了焚香的气味,摇曳着一丝红红的光亮;我们根本就看不清天花板。一道木头的栅栏把偶像跟他的香客以及供桌分隔开来,供桌上摆放着一篮

---

[1] 据克洛岱尔的日志记载,《城之夜》(*Ville la nuit*)这篇诗文写于1896年1月4日左右。从文中的描述来看,应该是上海南市一带的景象。

篮水果，一碗碗食物；人们隐约能分辨出大菩萨像那长了络腮胡须的脸。祭祀的众人团团坐在一张圆桌周围，正在吃斋饭。靠墙立着一面鼓，巨大如一个木桶，还有一扇大铜锣，形状如扑克牌中的黑桃A。两支红蜡烛，像是四四方方的壁柱，被笼罩在迷茫的烟雾和夜色中，只见幡带在轻轻地飘荡。

向前进！

我们走进了狭窄如羊肠的街道，混在一拨黑乎乎的人群中，只有街两边的店铺中投来灯火，它们还大开着店门，看起来像是一些深深的货棚。这是一些木匠铺、雕刻坊、裁缝摊、鞋店、毛皮铺；无数的吃食摊，从那里，就在摆满了满碗满碗面条和米粥的架子后面，传来一种油煎食品的刺啦刺啦声；在黑黢黢的阴影中爆发出一声孩子的哭叫；而在堆放一起的几口棺材中间，闪现一点烟斗的红火；一盏灯，从边上照射过来，照亮了奇怪而又杂乱的行人。在几个街角，几座高高的小石头桥的拐弯处，一个壁龛里的铁档子后面，人们依稀分辨出有些小小的偶像，在两支红蜡烛之间时隐时现。在夜色中，雨中，泥泞中，走过长长的一段路之后，我们突然发现，我们已经来到一段黄兮兮的，被一盏胖大的灯笼的强光照亮的死胡同。血的颜色，鼠疫的颜色，我们所在的深沟边上的高墙被粉刷成一种偏红的赭石色，颜色是如此的红，仿佛连高墙本身都在散发出灯光。在我们右侧，有一道门构成了一个圆圆的大洞。

一个院落。这里又有一座庙宇。

这是一个黑乎乎的大厅，从中飘出一股泥土的气味。里头供奉着一些偶像，偶像摆放在屋子的三面，分两行排列，有的手中挥舞着利剑，有的则在抚琴，有的手持玫瑰花，有的则捧着珊瑚枝：人们对我们说，这些都是"在世的人年岁之命"①。正在我准备寻求辨认出第二十七个②的时候，我已经落在了最后头，而在走之前，我生出一个想法，要去看一看大门另一侧的那个角落里都有些什么。只见一个长了八条胳膊的褐色凶神，面部表情因发怒而大大走了样，像是一个杀人凶手隐藏在那里。

继续走！街道变得越来越凄惨可怜，我们沿着高高的竹篱边沿走，最后，穿过了南门，我们又转向东边。这条路依循了城墙的地基。一边是带雉堞的高高城墙，另一边就是深深的堑壕，灌水之后成了一条护

---

① 应该是罗汉堂，有一种说法，进入罗汉堂后，可以去数对命运，即进去后朝随便哪个方向去数罗汉，数到与自己岁数对应的那尊，就是象征自己命运的罗汉，而每尊罗汉都应该有一个对应的释解语。
② 其时，克洛岱尔二十七岁。

城河。尽头处,我们看到有一些舢板,船上的炉灶之火燃得红亮红亮:一个个黑影在那里攒动不已,像是地狱里的阴魂。

无疑,正是这一可怜兮兮的河岸,构成了我们本次探险的终结,因为我们这就掉转脚跟回去了。好一个灯笼之城啊,我眼下正好处在了你那一万张脸的喧嚣混沌的中心。

假如谁要寻找一种解释,寻找一个如此与众不同的理由,能把我们正在寻踪觅迹的这个城市跟我们所有的回忆彻底区别开来,那么,他很快就被这样一个事实所惊呆:街道上没有任何马匹的踪影。这城市完完全全只属于人类。中国人始终遵循着这一点,如同遵守着一条原则,凡能让一个人有饭吃,能养活一个人的活儿,他们就绝不使用一种动物的和机械的辅助来完成。这便解释了街道的狭窄,楼梯台阶的上上下下,桥的弯拱,房屋的没有墙壁,过道与走廊的弯弯曲曲,等等。城市构成了一个和谐的整体,一个很灵巧的糕点,能在其各个部分之中与它自身相沟通,就像一个蚁穴那样路路相通,洞洞相连。当夜幕降临时,每个人都自立屏障,壁垒森严。在白天,是没有什么门户的,我说的是,没有什么门是要关上的。在这里,门根本就没有它的正式功能:它仅仅只是一个加工过的敞口而已；也没有墙壁会不带某种裂缝，好让一个轻巧瘦削的人轻松通过。只要能为一种简单的自给自足型生活提供一般性的基本运动，街道也就没有必要建得很宽阔。那只是几条汇集在一起的走廊，几条稍稍加工过了的过道而已。

一个鸦片馆，妓女的交易场所，那些地方充满了我的记忆。那个鸦片馆是一条大船，整个的上下两层楼全都腾空了，改装为重叠的内部平台。烟馆里充斥着一团团蓝色的烟雾，能闻到一阵阵浓烈的焦糊栗子的气味。这是一种深沉、强劲、透彻的香味，仿佛带有一记敲锣声。阴森森的熏蒸，它在我的空气和梦一般的幻景之间，营造了一种中介调和的气氛，令那些一味追求奥秘的顾客尽情吮吸。透过鸦片的熏烟香雾，能看到一盏盏鸦片灯的点点红焰，就像是鸦片吸食者的灵魂，过一会儿，这些人会来得越来越多，现在时辰还太早呢。

在狭窄的矮凳上，纹丝不动地坐定了一些妓女，她们头发上插戴了鲜花，脖子上挂有珍珠项链，身穿宽大的丝绸上衣，下身是宽松的绣花长裤，双手搭在膝盖上，像是集市上的牲口，在大街上等候嫖客，就在那一片乱糟糟的喧嚣声中，在熙熙攘攘的人流边上。她们的身边，则站着老鸨子，穿戴得跟她们一样，同样的纹丝不动，而一些小姑娘就坐在同一条板凳上。在她们身后，一盏明晃晃的汽油灯照亮了楼梯口。

我走过，我带走了对一段杂乱、天真、混沌的生活的回忆，这是一个既敞开又盈满的城市，一个聚集于同一屋檐下的数代同堂的众口之家。现在，我看到了往昔的城市，彼时，有那么一种人，自由地摆脱了普遍的主潮流，让他们的群体聚居在一种天真的混乱中。确实，当我在黄包车和轿子的一片嘈杂声中，在穿越了双重暗道的一大群麻风病人和痉挛病人中，好不容易地看到了租界街区那明亮的电灯光时，我头晕目眩地从中挣跳出来的，正是这整个的往昔意象。

[1896年1月]

园　林[1]

午后三点半时。天地皆白,一片凄凉:天空仿佛被一块白布死死遮住。空气潮湿而又生涩。

我进了城。我寻找园林。

我脚踩一片黑乎乎的泥浆行进。沿着深沟那摇摇欲坠的边沿一路走去,我只闻到一股怪怪的气味,那么的浓烈,像是要爆炸开来。那是一种混杂了油脂、大蒜、肥肉、污垢、鸦片、尿液、粪便与动物内脏的气味。我行走在神情愉悦而又天真烂漫的人群中间,他们脚蹬厚底的靴子或是草鞋,头戴长长的叫做福帽(*foumao*)的尖顶风帽或是无边圆毡帽,身穿布料或丝绸的过膝盖的短长裤。

围墙呈蛇形蜿蜒起伏,而它的脊顶,砌的是清亮的砖头,覆盖明亮的瓦片,仿了游龙的脊背身段;龙

---

[1] 本篇《园林》(*Jardins*) 写于 1896 年 1 月。从文中的描述来看,应该是对上海城厢"豫园"的一番游历。

身匍匐在翻腾的波涛中,龙首则高高地抬起。——应该是这里了。我神秘地撞击着一道黑色的小门:有人过来开了门。在高高悬垂的屋顶下,我穿越了一连串的过厅,还有几条狭窄的走廊。眼前豁然开朗,原来我来到了一个别有洞天的奇特地方。

这是一个遍布石林的花园。——如同意大利和法国的古老绘画师,中国人很明白,一个花园,鉴于其封闭性,必须满足于它自身,在它的各部分里头精心构建。如此,大自然便能与我们的精神特别相适应,而出于一种微妙的协调,主人在花园里,无论目光落到何处,就始终如同在自己家中。同此道理,一片景色并非由花花草草,由林木枝叶的色彩造就,而是由它的种种线条,由它地势的运动起伏所构成,可以说,中国人从字面意思上建造了他们的园林,用的是石头。他们不是在描绘,而是在塑造。在他们眼中,石头似乎要比植物更服帖,更合适,因为它能体现高挑的雅致,内在的深沉,能以自身多种多样的层面与样貌,来勾勒千奇百怪的轮廓,错落有致的凹凸,而植物的自然角色则局限在装点与文饰方面,只能创造人文景观。大自然本身早已在石头中准备了种种素材,通过时间之手的打磨,风刀霜剑的冲刷,鬼斧神工地加工了岩石、溶洞、凹槽,以及一指头深的洞穴。人脸、百兽、骨架、手脚、贝壳、无头的身躯，奇形怪状，应有尽有，一大片凝固的人像，以及各色各样的鱼鸟花枝图像，中国艺术灵敏地抓住了这些奇特的对象，模仿了它们，并以一种精妙的技艺体现了它们。

这里的景致再现了一座高山，如刀斧从上到下劈开似的陡峭，但还是有险路能攀爬上去。它的脚下静静地躺着一片湖水，湖面有一多半被绿萍植物所覆盖，内中有一座弯曲逶迤的小桥，在画面中斜斜地绵延开去。茶馆就坐落在湖边，建筑在几根玫瑰色的石桩之上，将它的双重屋檐骄傲地倒映在青黛的水色上，但见那檐尖上的翘角似乎就要拔地而起，腾飞空中。那边，一些落了叶子剥了皮的树木笔直矗立在地面上，活像是铁铸的蜡烛架，以它们伟岸的身躯俯瞰着整座花园。我走进了石林之中，走过一条迷宫般的小路，这些绕来绕去的圈套，东拐西拐的弯道，上上下下的小坡，曲径通幽的窄道，增添了美景，扩大了视野，在湖泊与山岭的周围模仿出梦幻中的路径，最后，我终于爬到了山顶上，来到了凉亭中。在我脚下，花园似乎显得枝柯纷乱，如河谷中的小丛林，远处的庙宇和楼阁清晰可见，而在葱茏林木的正中央，出现了一篇屋宇的诗章。

眼前凸显一片屋顶之林，鳞次栉比，或高或低，或简陋或繁复，有的安卧如三角楣，有的浮肿如铃铛。它们的顶上都有柱头，雕塑了一个个历史人物像，其间点缀各色荷叶图案和不同的鱼儿形象；屋脊的最高端傲然峭拔，如一片尖梢刺天的树林，屋檐上到处可见各种象征的徽记——鹿、鹤、祭坛、花盆、带翅膀的石榴。檐角飞翘，像是人们把过于宽松的衣袍撩起来之后露出的一条条胳膊，这些檐角显出一种垩粉特有的肥腻粉白，还有烟灰的那种麻麻点点的黑里透黄。空气是绿色的，像是人们透过了一层老旧的玻璃看出去那样。

沿着另一面斜坡走去，我便来到了大楼阁跟前，再从那里下坡，一级级台阶高低不等，宽窄不匀，给人带来另外的惊喜，那一道道台阶徐缓地把我引向湖边。过了一条走廊，眼前才顿时一亮，景色豁然开朗，我看见了五六个檐尖在空中错落有致，勾心斗角，那屋檐的其余部分却被遮蔽住了，我一点儿都看不到。无论什么，恐怕都描画不出这些仙境般船首的沉醉激流，而这些鲜花怒放的花梗的高傲优雅，把一支百合花斜向地引入了一片愁云中。有了这样的一枝花，那强有力的肋骨架才会高高翘起，就像是我们的手松开了一截原本抓紧的树枝后，它会猛然反弹回来。

我来到了池塘边，已然枯死的败莲残茎一截又一截地刺穿了静静的水面。四下里一片寂静，恰如在冬日森林中的小径岔口。

这一和谐满满的花园，是为"豆米同业公会"成员的享乐而专门建造的①，无疑，在春季温煦的夜晚，他们会来到这里饮茶品茗，观赏明月映照湖面的美景。

另一处园林要更简单些。

夜色几乎已经笼罩了大地，当我钻入四四方方的院落中时，我看到了它，还有它的围墙内充盈的一片广阔的风景，一览无余。这是一片混沌的世界，有一大堆岩石林立，一个个方块，杂乱无章地混杂堆积在那里，活像一片流淌着石凌石波的大海，一眼望去，仿佛愤怒依然屏息在其中，这苍茫的乡野景色，恰如一大摊裂缝交错的石质的脑浆。中国人剥开了风景的一层层皮。这一小小的角落，如同整个大自然一样无法解释，也同大自然一样广阔而又繁杂。在一大片岩石丛林中，矗立起一棵黑黑的松树，疙里疙瘩的模

---

① 清朝道光年间，上海豆业公所租用了豫园中的萃秀堂、三穗堂、仰山堂等处。民国初年，上海的豆业和米业成立了豆米行商同业公会，原来的饼豆业公所虽未遣散，但其地位和作用明显不如以前。

样；它那茎干枝杈的细小，它那针叶树冠的色彩，它那轴心的强烈错位，这一切，让这棵唯一的树跟它周围的虚幻景色显得如此不成比例——恰如一条跃跃欲飞的苍龙，想挣脱大地，腾云驾雾，飞上碧空——使得这个地方超脱于万物之外，构成它那怪诞离奇、虚无缥缈的特点。到处都是枝叶缭绕，一派悲戚肃杀的气象，紫衫、侧柏，以其深沉的黑色，让那般的震撼显得越发吓人。我被大大地惊呆了，细细地端详这一忧伤的景象。而在院子的正中央，挺立起一块巨大的岩石，在黄昏苍茫的阴影中若隐若现，像是一个魔怪，透出一丝梦幻与谜团的本相。

[1896年1月]

阴历七月亡灵节 ①

　　这些纸叠的元宝是死人用的钱币。人们还用薄薄的纸剪出各种各样的人物和动物来，还有形状各异的房屋。作为生命的"神主"，亡灵的身后紧跟着这些轻盈的仿造物，而一旦焚烧后，它们就会一路随同亡灵之所往。笛声引导着魂灵，锣声则把它们像蜜蜂那样召集到一起。在漆黑一团夜空中，火焰的光亮令它们平静，令它们安详。

　　沿着陡峭的河岸，一条条船准备就绪，只等着夜幕的降临。在一根长长的竹篙的头上，固定着一块用闪光铜箔镶饰的鲜红的布条，而且，兴许是连接在了色泽如叶片的天空上，那江河在此拐弯处显出一种要让水流改道外流的样子，又兴许是在大团大团的积云

---

① 据克洛岱尔的《日志》记载，这篇散文诗《阴历七月亡灵节》(Fête des morts le septième mois) 写毕于1896年2月16日，其时克洛岱尔在上海。这一篇最早跟其他六篇《海上遐想》《世界大城市》《戏台》《坟墓——喧嚣》《大地之人口》《符号的崇拜》一起发表于1897年7月1日的《白色杂志》，七篇的总题目为《中国景观》。

底下，河水偷偷地流出了它那巨大的水量，在船头，放火用的小船已然点燃了火，在桅杆上，一盏盏灯笼构成的花彩摇曳不止，以一种亮晃晃的笔触越发烘托出夜空的黑暗，就仿佛在一个空荡荡的大房间里，有人高高地秉举一根蜡烛，庄严地照亮了夜里的空洞。与此同时，一声令下；顿时笙笛鸣奏，锣钹齐响，鞭炮震天，三个船夫各就各位，摇动起了长长的橹。船儿出发，绕行，在它那航迹漫长的运动中留下一长条灯火：船尾有人往水面上一一播撒下了小小的灯。那缥缈的微光在模糊而又宽广的河面上如一双双眼睛那样眨巴了好一会儿，然后渐渐熄灭。一条胳膊抓住了一把把黄金色的碎屑，火之靴在火焰中缓缓地熔化，燃化成灰，轰然碰触到了水之坟墓：灯火的幻影虚光，形如鱼儿，几乎要唬醒冷冰冰的溺水鬼。[①] 另一些亮闪闪的船儿也划过来划过去；远远地能听到一阵阵喧哗之声，而在战船上吹响了两支号角，它们唱着对台戏，号声此消彼长，共同奏响了灯火熄灭的信号！

---

① 原文中这一句有不少带辅音"f"的词（Un bras saisissant le lambeau d'or, la botte de feu qui fond et flamboie dans la fumée, en touche le tombeau des eaux：l'éclat illusoire de la lumière, tels que des poissons, fascine les froids noyés.），有文字游戏的味道，阅读时让人感觉音韵之中有一种火焰燃烧的"呼呼"之声。考虑到这一点，译者在译文中也使用一些有"H"的音（"缓、化、幻、划"等），尽量保留原文中这种火焰的"呼呼"之声。

这个外国人还迟迟不归,一直留在长椅上,眺望着像一幅地图那样展现在他眼前的辽阔夜景,他将要听到香客朝拜之船的回归。手提的风灯熄灭了,尖利的唢呐停止了出声,但是,在箭棒的一阵急促的敲打中,在板鼓的一阵持续的滚动声中,令人丧气的金属响器始终持续着它们的喧闹与舞蹈。是谁在敲?这一切,爆响,又跌落,噤声,又重起,一会儿是一片急切的嘈杂,似乎有一只只不耐烦的手在连连敲击悬置于阴阳两世界之间的屏障隔档,一会儿则又堂而皇之地拖长了节奏,一记一记地,不慌不忙,节拍分明。船儿靠近了,在充满了稠厚浓密鸦片气味的黑暗中,它沿着河岸荡漾,擦过系泊停当一字儿排开的整个船队,现在已然到了我的眼前。我什么都看不真切,但那吹奏哀乐的乐队,以群犬吠叫的方式,本来已经噤声不响了,间隔了很长一段时间后,却又在黑暗中一下子重新爆响起来。

这就是第七个月份的鬼节,那时节,大地进入了它的休息中①。

大路上,拉小车的人则把几支香,还有几根小小

---

① 在写作这篇诗文的同时(1896年3月),克洛岱尔开始写他以中国传统故事为剧情内容和背景的剧本《第七日的休息》。

的红烛头插在地上,就在他们的脚边。该回转了:明天,我还会来这同一个地方。万籁俱寂,恰如一个没有眼睛的死人沉入了无比深的水底,我听到了镲钹的阴沉,铁鼓的喧哗,在密集的阴影中,响起一记可怕的击打。

[1896年2月]

海上遐想①

轮船在一个个岛屿之间航行；大海如此平静，让人几乎感觉不到其存在。已经是上午十一点，也不知道天是不是在下雨。

旅人的思绪飘向了前一年。他重又看到了他在劲风烈烈的黑夜中穿越汪洋大海，一个个港口，一个个车站码头，封斋期主日②的到来，然后乘车回家，与此同时，他用一双冷冰冰的眼睛，透过满是泥浆的污脏冰雪，观察着人们度过的那些脏兮兮的节庆之日。人们将重新为他介绍亲戚、朋友，种种地点，然后他又得重新出发。好不苦涩的见面！就仿佛得允许某个人拥抱他的往昔。

正是这一点，使得回归比出发还更令人忧伤。旅

---

① 此篇《海上遐想》(*Pensées en mer*) 写于 1896 年 3 月中旬从上海到福州的航轮上。
② 封斋期（复活节前的四十天斋戒）主日是传统节日，指封斋节之前的最后一个星期日。从它之前的星期四到它之后的星期二，通常为狂欢节。如今基本不再流行。

人如一个客人回到自己家中；他于一切皆为陌生，而一切于他也同样陌生。女仆，你就只把旅人的这件外套挂起来吧，别把它拿走了。他还得重新出发呢！他又坐在了一家人齐聚的餐桌前，成为了可疑而又靠不住的宴客。但是，家人们，不！你们接待的这位过客，满耳朵回响着列车的晃荡声，大海的喧嚣声，他摇摇晃晃，像是一个梦中的人，却依然还感觉到脚底下那深深的运动，那晃动就要把他带走，他不再是你们送往命中注定的码头的那同一个人。分离已经产生，他进入了流亡，并始终与之同行。

[1896 年 3 月]

世界大城市[1]

有些书谈论蜂房，有些书谈论鸟巢，有些书谈论石珊瑚群体的结构，如此，我们为什么不研究一下人类居住的城市呢？

巴黎，王国的都城，在它同心圆的一层层向外推进的平等发展中，大大地增加和扩大了它一开始时被紧紧封闭其中的小岛的形象。伦敦，则是器官的并立，它储存并且制造。纽约是一个铁路终点站，人们在轨道[2]上建造起房屋，一个上船的码头，一条两侧皆是海港和货栈的海堤；就像接受并分隔食物的舌头，就像喉咙深处位于两条通道之间的小舌，纽约正好位于两条河流之间，北边有一条，东边有一条，于是，在一边的长岛上就有了它的码头和船舱；而在另

---

[1] 据专家考据，《世界大城市》(*Villes*) 这一篇应该写于福州，即1896年3月之后。
[2] 楷体字处原文为英语，以下同。

一边，通过整整一个泽西城，以及在哈德逊河的堤岸上连接了一家家货栈的十二条铁路线，它大量地吞吐并处理来自整个美洲大陆以及西方世界的商品；而城市最繁忙最活跃的岬角，则由银行、交易所和办公大楼来组成，就像是那条舌头的顶尖部位，它所继续的只是脸面部分，不断地从一头延伸到另一头。波士顿由两部分构成：新城学究气十足，颇为吝啬，恰如一个人通过显示自身的财富和美德，为自己把它们牢牢守住，仿佛那些街道因寒冷而变得更哑默，更漫长，带着更大的怨恨来倾听行人落在街上的脚步，迎着凛冽的北风，牙齿咬得嘎嘎响，向着四面八方展开所有的大道；而老城的小丘，恰如一只蜗牛，所有的皱褶都藏污纳垢，包含了形形色色的罪孽恶习，各种各样的放荡荒淫。中国城市的街道则建造得方便于一类习惯于排队行进的居民：在既没有开头也没有尽头的队列中，每个人都占据着自己的位子；就在很像是一侧被捅穿的大货箱的一栋栋房屋之间，在那里头，人们似乎要见缝插针地躺下，横七竖八地睡觉，就跟商品紧挨在一起。

此中就没有什么特殊之处要研究了吗？街道的地理地形啦，角落的测量啦，十字街头的计算啦？中轴线的设置啦？运动中的一切跟他们是不是平行？歇息与愉悦中的一切跟他们是不是垂直？

[1896]

戏　台[①]

广东会馆[②]的大殿有一个角落供奉着镀金的菩萨，它的内堂，正中央庄严肃穆地摆放着几把巨硕的座椅，远不像它们所标明的那样，是在邀请人坐下休息，从来没有人在那里坐过，而这，就好像欧洲的俱乐部也配备有书橱，只不过都是空摆设罢了。在整栋房子前面那个院子的另一侧，建有一座金碧辉煌的戏台。这戏台是一个石头砌成的平台，就缩身栖息在两座楼房之间，像是什么东西向前探出了脑袋，伸展开又宽又平的台阶：它高大端正，巍然挺立，背靠后台，面对观众，以其独特的高度而截然与众不同。它的上方有一个方形的盖顶，如同撑起了一顶华盖，能挡雨庇荫；戏台前矗立有第二道牌楼，用它四根花岗岩的支柱把戏台圈绕起来，为它营造了一种庄严渺远

[①] 手稿中注明，此篇《戏台》(Théâtre) 1896 年三四月间写于福州。早在纽约期间，克洛岱尔就对中国戏剧有了很大的兴趣。

[②] 福州的广东会馆位于闽江南岸的仓山区，始建于清同治六年（1867 年）。

的氛围。戏剧就在这里上演，传说故事就在这里讲述，真真假假，虚虚实实，一切都是在这里搬演出来的，就在紧锣密鼓的一片喧闹中。

幕布，也即分隔现实与梦幻的那一道帷幔，在此是根本不存在的。但是，仿佛每个演员都从幕布中扯去了小小的一片，置身于无法穿透的衣料之中，其缤纷的色彩与幻觉般的光亮就像黑夜的号衣，每个人物都丝绸裹身，却并不表现出自身的丝毫痕迹，有的只是身体动弹的运动；在其角色的羽翼下，头戴金冠，脸涂厚厚的脂粉，画有五彩的脸谱，剩下的就只有一身的动作与一副好嗓子。皇帝为灾难国事而悲恸哭泣，公主遭佞臣陷害，不得不出逃到鬼魔之处或野蛮人之乡，龙套跑过大军，武打展开搏斗，悠长的岁月和辽远的距离只消一个动作便可抹得干干净净，无影无踪，争执在老人们面前发生，神明从天而降，恶魔从一个瓶罐中冒出。但是，在专心致志地投入到一段唱腔或一段舞蹈中时，从来不会有任何一个人物的唱念做打，连同他的戏服行头，会脱离出这一总体的舞蹈节奏与曲调旋律，而正是这节奏与旋律衡量出了距离分寸，并规定了情节的进展。乐队位于戏台的后面，在整出戏的演出过程中，击奏起强烈的音响，活像有人拼命地敲响了一口锅，让一大群蜜蜂聚集在那里乱飞乱撞，这就仿佛，一旦安静下来，戏剧的种种幻象幻影就会逃之夭夭，总之，乐队扮演的角色，更多地不在于音乐本身，而是为一切提供支撑，可以说，它是在充当提示者，并与观众形成呼应。是它在拖长或减缓情节的发展，是它在用一种尖利的腔调让演员的念白猛地高扬，或者，它会从演员身后挺起身来，把阵阵的喧哗传回到他的耳畔。乐器中有吉他类的三弦、月琴，还有板鼓，就像敲大鼓那样地敲，而檀板，就像打响板那样地打，有一种类似单弦的提琴，发出的声音就像一股淙淙水流喷射于孤寂的院落中，用它那叙事抒情唱腔般的旋律，稳稳地托住哀歌的展开；最后，伴随着英勇情节推进的，则是号角般的唢呐。这是某种喇叭，带有黄铜的筒口，它发出的带有和声的音调是一种令人难以想象的暴烈，一种令人叹为观止的锐利。它如同一记驴叫，荒漠中的一声猛吼，朝向太阳的一阵铜管乐，大象软骨发出的一种打嗝一般的喧闹！但是，乐队最基本的位子还是由锣镲铙钹来坐定，它们那杂乱不和的鼓噪震耳欲聋，刺激着神经，杀死了思维，让人仿佛处在某种梦幻之中，只感觉到眼前掠过的场景。与此同时，在舞台侧边，几个高高悬挂的灯芯草编织的笼中，养着两只鸟,很像是斑鸠(看来,应该是百灵子①,来自天津),天真地展开柔美的歌喉,以一种天籁之音跟周遭的一派喧哗唱开了对台戏。

第二道牌楼底下的厅堂以及整个的院子满是观众,一眼望去,只见黑压压的一大片脑袋,在那里攒动不已,头顶之上,显露出几根石柱,还有两个砂岩雕的石狮子,面目狰狞,形如蟾蜍,上面还骑坐了一些孩童。平看过去,这是整整一大片圆鼓鼓的脑瓜与黄兮兮的脸容,密密麻麻,水泄不通,根本就看不到他们的胳膊和身躯;所有人都挤在一起,彼此的心也都一起跳动。它摇晃起来,构成唯一的一种运动,一会儿伸出来一长列胳膊,影子投射到戏台的石壁上,一会儿又后退,一会儿又隐藏到旁侧。楼上的廊道中,端坐着富人和官员,抽着烟斗,捧着带黄铜茶托的茶杯喝茶,如同神仙一般看着台上的戏和台下的观众。由于演员都隐藏在了大靠长袍中,看起来仿佛躲进了自身内部,而戏剧则在众人生动的衣服底下有条不紊地展演。

[1896]

---

① "百灵子"的原文为 Pelitze。

坟墓——喧嚣 ①

我们上坡,我们下坡;我们走过了那棵大榕树,它就像一座阿特拉斯山②,巍然挺立在自身那弯弯扭扭的轴心之上,伸展开它的膝盖和肩膀,仿佛要用力扛起上天的重担:在它脚下,有一个小小的筑物,人们就在那里头焚烧各种各样带有黑色字迹的纸张,好像是在为原始的大树之神供奉上一种文字的牺牲。我们转弯,再拐弯,走过一条蜿蜒曲折的小路——说实在的,我们一直就没有走在那条路之外,因为从一开始起,我们的脚步就始终在伴随着它——我们进入到坟墓之地。长庚星③如同一个在孤独中祈祷的圣徒,看到了夕阳就在它的底下缓缓西坠,深深地消失在半透

---

① 这一篇《坟墓——喧嚣》(*Tombes.-Rumeurs*)应该写作于福州(1896年3月)。
② 阿特拉斯山是非洲西北部山脉,横跨摩洛哥、阿尔及利亚、突尼斯,把地中海西南岸的北非与撒哈拉沙漠分开。阿特拉斯本是希腊神话中的擎天巨神,属于巨人族。他被宙斯降罪来用双肩支撑苍天。
③ 即金星。中国民间还把它称作"太白金星"或"启明星"。

明的海面之下。

我们在昏黄惨白的阳光下看到的整个墓区，像是覆盖了一层泛黄而又粗糙的黄油，宛如一层老虎皮。我们的路穿越了整片山岭，从山脚一直到山顶，而在山谷的另一侧，则是另一些一望无际的崇山峻岭，放眼望去，满山满坡的坟墓，像是整整的一大片野兽洞穴区。

在中国，死亡与生命相比，占据了同样重要的地位。死者，一旦命归西天，就变成了一种要紧而又可疑的事物，令人敬而畏之，一个作恶的保护者——忧郁感伤，是一个确确切切就在那里的存在，你得安抚它，跟它和解。生者与死者之间的联系并不怎么会松懈，种种的典仪依然还在并将持续下去。家人每次前去上坟时，都会烧香祭拜，燃放鞭炮，供上米饭猪肉，他们还会呈上名片，其形式就是一张纸，并用小石头压好。死者入殓，躺在他们厚厚的棺材里，但要留在自己的家里很长时间，然后，才被抬到室外，或者权厝，以待阴阳先生找到风水好的墓地，再正式入土安葬。此时，人们会精心筑造冥界之居，生怕幽灵在那里待得憋屈，出去到处游荡。人们会在山腰上，在坚实而又原始的泥土中挖凿墓穴，奇怪的是，活着的人自己会如群蚁一般拥挤地聚住在谷底，在低下而又多沼泽的平原上，反倒让死人宽宽松松地安息在风水宝地，其墓居朝南向阳，空间宽敞，环境豁亮。

坟墓建造在平缓的山坡上，呈现出一种 Ω 的形状①，其中石砌的半圆形象是延长的大括号，把死者团团围住，而死者则像一个熟睡者，安卧于布单底下，在正中央形成他的隆起：正是这样，大地，可说是，为死者张开了臂膀，把他收纳，让他成为自己人。坟墓前，立有小小的供台，墓碑上镌刻着死者的名讳称谓，因为中国人认为，有一个外人的魂灵会偶尔停下来读出他的姓名，在这里待上一阵子。它构成石头祭坛上的一种条案，而在这供桌上，人们要对称均匀地摆上供品，而在它的前面，就是坟墓，以它设置得庄严肃穆的台阶和栏杆，迎接并引导每逢死者忌日或祭祀节日前来扫墓并祭奠祖先的家人亲友：那上面该是象形文字一般难认的原始遗嘱。对面，半圆形的建筑反映出家人祈求与祝福之愿。

淤泥塘之上的整片土地，全都是宽阔而又低矮的坟茔，很像是被堵死了洞穴和枯井。有一些坟墓比较小，比较简单，但也有一些很繁复，有的很新，有的

---

① 对此 Ω 形状的坟墓的回忆，后来促使克洛岱尔在其剧本《正午的分界》第二幕的布景设置中，对香港墓地作出了类似的描写。

则显得跟其倚靠的岩石一般古老。最壮观的墓则处在山的高处，就像是在山脖子的皱褶中：一千个人可以在它的围墙之内同时跪拜。

我自己也居住在这个棺椁之地，通过另一条路，我回到了我家所在的山顶上①。

城市就在山下，在宽阔的闽江的对岸，黄色的水流奔腾汹涌，急急地流过万年桥的桥墩。白天，人们看得见，山上残缺破败的古城墙围绕着城市蜿蜒伸展，恰如我说过的坟墓的石头井栏（飞翔在天的鸽子，还有一座塔寺中央的宝塔，都让人感觉这一空间的辽阔无极），两檐飞翘的屋顶，树木葱茏的两座山岭，矗立在一栋栋房屋之间，而在河流之上，百舸争流，一派杂乱，有竹木的筏子，又有平底帆船，后者的船尾装饰得如同画舫，花里胡哨的。但是现在，天色太暗了：在我的脚下，一旦有一盏灯亮起，刺穿夜色与薄雾，我便在松树林那忧郁的荫影下，蜿蜒曲折地走过我已烂熟于心的道路，来到我习惯的那个地点，这个三倍大的巨大坟墓，它因年代久远而长满了

---

① 法国驻福州的领事馆，就位于仓山区的小山坡上。北临闽江，可远望福州城区。

黑乎乎的苔藓，并被氧化成了一层盔甲，以它那可疑的护墙斜斜地俯瞰着一片空间。

我来此，为的是倾听。

中国的城市通常都没有工厂，也没有汽车：当夜幕降临，各行各业的喧闹停息下来时，你能听到的唯一声响，也就是人类的嗓音了。我来就是来听这个的，因为，一个人在对他所听到的话语的意义都丧失了兴趣时，应该是能伸出一只更微妙的耳朵来倾听他们的。差不多有一百万人生活在那里：我倾听着在空气之湖底下这一众多嗓音汇成的说话声。这是一种喧闹，既滔滔如浪，又淙淙如溪，带有一缕缕突如其来的暴烈，就像被人撕裂的一张纸。我甚至认为，有时候我还能辨认出一种音符以及音调的抑扬变化，就像人们恰到好处地把手指头放在鼓面的正确部位，为一面鼓调音那样。在白天的不同时辰，城市是不是会发出一种不同的喧嚣呢？我渴望自己能把它弄清楚。——眼下这一刻，已是暮晚：人们在竭力传播白天城里发生的种种新闻故事。每个人都以为自己是在独自说话：话题涉及打架争吵，家长里短，茶饭汤菜，从家庭谈到职业，从商贸谈到政治。但是他们的话语滔滔不绝：它们口口相传，形成无数版本，构成一个集体之声。被剥离了它们所意味的事情原意后，它们便只靠了实际上难以辨认的声音元素的护送而勉强存在，发音、语调、重音。然而，由于声响中有一种混杂，它能否成为意义之间的一种交流呢？这一共同话语的语法又是什么呢？我作为死人们的访客，久久地聆听这一喃喃低语，这一从远处传来的生命之声。

　　该是晚归的时刻了。我走在高大挺拔的松树之间，树荫渐渐扩增了夜幕的黑影。是时候了，人们开始看见萤火虫了，这青草丛中的家神。就像在深邃的沉思冥想中，时间过得如此之快，脑际只感觉这一丝丝微光，一种突如其来的标记，瞧，这不可触摸的细微灯火，正如此忽明忽暗地闪烁呢。

〔1896〕

大地之入口 ①

与其用我手杖的铁皮杖头猛烈地敲击山坡,我倒是更喜欢从我脚下这坦荡的平原望去,看到我周围这沐浴午后荣耀之光的大山,见它就像一百位老翁那样垂拱安坐。圣灵降临节②的太阳照耀着洁净而又齐整的大地,恰如照亮着一座深邃的教堂。空气是如此清爽,如此明亮,我似乎觉得我是赤裸着身子在行走,一切皆为平和宁静。四面八方,都能听得到传来歌唱一般的吱扭吱扭声,像是一支笛子在吹奏,原来是戽斗水车在汩汩地车水浇灌稻田(只见有一群群男女,三人一组,伸着胳膊扶定了水车的横杠,一边车水,一边嬉笑,他们脸上满是汗水,双脚交错地踏着三重的轮子舞蹈),而在漫步者的脚步前,伸展开一片可

---

① 本篇《大地之入口》(*L'Entrée de la terre*)于1896年5月到6月间写于福州。
② 圣灵降临节,亦称五旬节,定于复活节后的第五十天,是基督教会庆祝圣灵被赐给使徒们的一个节日。据《圣经·新约》载,耶稣复活后第四十日升天,第五十日差遣圣灵降临;门徒领受圣灵后开始传教。

爱而又庄严的土地。

我目测了一下我该走的盘旋路。经过那些把大块大块的稻田一一分隔开的狭窄的阡陌土埂（我知道，从高高的山顶上远望，平原连同其田块很像一扇古老的彩色玻璃窗，大小不等的玻璃片镶嵌在铅条的纹路中：山岭与村庄清晰地突兀出来），我最终将回到那条石板路上。

土路穿越了一块又一块稻田，还有连片的橘树林——各个村庄的一个村口，都会有一棵高大的榕树充当守护神（这棵老树是父亲，当地所有其他的小树都是它的孩子），而在另一个村口，通常离那些水井和粪坑不远，则由当地神明的神庙来守护，而画在门上的这两个神，全都从头武装到脚，肚子上还搭着弓箭，拧巴着三色的眼睛，彼此瞧着对方[①]；随着渐渐走近，我不时地向左向右转动脑袋，感受品味着时辰的缓慢变化。因为，作为持恒的步行者，我心中对光影长度的判断清晰如一面明镜，我丝毫没有丢失掉白天那典仪般的庄严气氛：我陶醉于观看，我懂得一切。这座还要在平静的晚餐时刻穿越的小桥，这些还需攀上又爬下的山冈，这条还得走过的山谷，而在三棵松

---

① 这里，作者应该是混淆了门神与土地爷的形象。

树之间，我已看到这片陡峭的山岩，眼下，我必须在此守定我的岗位，来见证一个白天的最终耗尽。

这正是太阳穿越大地之门槛的庄严时刻。十五个钟头以来，它已经越过了并不相切的大海之线，就像一只鹰展开翅膀，纹丝不动却又翱翔高天，眺望远方的乡野，到达了苍穹的最高层面。而现在，它缓缓地西斜而下，而大地则敞开口子迎接它。它就要落入峡谷之中，像是被火焰所吞噬，消失在那些更短的道道霞光底下。群山上如有烈火在燃，如同一个火山口，把一柱巨大的浓烟挥向高天，而一条松涛之线染上了一道斜斜的火光，在那边低处神秘地闪闪烁烁。而在那后面，延伸开了大地之地，亚细亚洲连同欧罗巴洲，中央，则是高高耸起的祭坛，广袤的高原，然后，万物的最尽头，恰如一个人俯卧于大海上，是法兰西，而在法兰西的最深处，是开垦了的硬土的香槟地方[1]。人们现在只能看见金色峰峦的上部，而就在它最终消失的那一刻，星辰以一道垂直的黑色之光穿越整片天空。此时，跟随着它的大海来到了，洪波涌

---

[1] 克洛岱尔母亲的祖上是香槟地方的人，他多次把香槟地方称作法兰西的心脏。这里的"硬土"原文为"gautière"，这个词在一般的词典中都查不到，有研究克洛岱尔的专家认为正确的写法应该是"gaultière"，来源于"gault"，后者的意思是"重硬黏土"，而香槟地方则有这样的土壤。

起，溢满滩岸，带着一记深沉的巨响，前来用肩顶冲撞大地。

　　眼下该回去了。我得高高地扬起下巴，才能看到它从一片云彩中钻出，鼓山的峰巅高悬着，像是一座小岛浮现在一片幸福的水面上，我什么都不想，一路行走，脑袋好像已经脱离了躯体，像是一个被过于浓烈的香味给呛着了而迷迷糊糊的人。

〔1896 年 5—6 月〕

符号的崇拜 ①

但愿别的人会在中国文字的行列中发现一些有趣的东西,或是一个羊脑袋,或是一些手,或是一个人的两腿,或是在一棵树后面升起的太阳。而我,我在其中追随的则是一个乱糟糟的无法梳理的迷宫。

任何书写都从笔画或线条开始,而它,一笔一划,在其连续性之中,就构成个体的纯粹符号。有的线条是水平的,恰如任何一个只有在与原则的平行中才能找到充足存在理由的物体;有的线条则是垂直的,恰如树木和人,它表明了行动,显现出肯定;又有的,则是斜向的撇捺,它标志了运动与方向。

罗马字母的基础是垂直线条;而汉字则似乎把水平线条作为基本笔画。罗马字母以一种专断的竖划②,

---

① 这一篇《符号的崇拜》(*Religion du signe*)写于1896年,最早跟《阴历七月亡灵节》《海上遐想》《世界大城市》《戏台》《坟墓——喧嚣》《大地之入口》等其他六篇一起发表于1897年7月1日的《白色杂志》。
② 所谓的"竖划"(jambage),指字母 m,n,u 中的直划,以及 b,p 等字母的下垂笔画。

肯定了事物就是如此的；而汉字则是它所意味的事物整体。

无论是字母还是方块字，都一样是符号；就以字词的组合关系为例来说吧，字母与汉字同样都是其抽象的图像。但是，字母，从根本上来说，是解析性的：它所构成的任何一个词都是一种连续不断的肯定性表述，由眼睛和嗓音的视听结合来拼写；对词素单位，它可以用在同一行中增加一个单位来表示改变，而不确定的字词就这样在一种持续的变异中完成并且变化。可以这么说，汉字字符发展了字词的组合；而作用于一系列事物时，它就让方块字泛泛地有别于字母组合了。西方语言的词是靠了字母的连续排列而构成的，而汉字，靠的则是笔画的比例关系。人们是不是能够设想，在汉字中，比方说吧，水平方向的横，表明的是种类，垂直线条的竖，则表示个体，斜向线条的撇捺，则以其不同的运笔走势，表明的是属性和能量的总体，并给予整体以意义，最终，点，悬置于空白之中，是不是在暗中意味着某种关联呢？因此，人们能在中国的汉字中看到一种图解的生命体，一个书写出来的人，就像一个真正的活人，拥有他的天性、他的生活方式、他自身的行为、他内心的德行、他的身体结构，以及他的外在面貌。

这就很好地解释了中国人对文字书写的这种虔诚的崇敬；人们会恭恭敬敬地焚化最为普通的纸，只要那上面留有神秘的字迹。字符就是一个生命，因这样一个普遍现象，它变得神圣。从某种意义上说，思想概念的体现，在此成了人们崇拜的一种偶像。这也就是中国特有的书写崇拜的根本基础。昨天我就去拜谒了一座孔庙。

这孔庙坐落在一个偏僻的街区，那里的一切都散发出荒芜与倾塌的气息。在午后三点钟的静谧中，在热腾腾的阳光下，我们走过那条曲曲弯弯的街。我们并不想从大门进入，大门的门扉已经腐败蛀蚀：镌刻着官方双语碑文的高大石碑守定了古老的门槛！一个矮女子，如一口猪那般敦实肥胖，为我们打开旁门的通道，于是，我们啪的一步，迈入了荒凉衰败的内院。

整个建筑，以它规模宏大的院子，以它环绕在四周的列柱廊，以它宽阔的柱间空隔，以它殿堂外表墙上的水平线条，以它那用一种浑然一体的运动起伏之势从整体上更突显乌黑肃穆、雄伟庄严的涡形翘檐的两重大屋檐，以它两个设置对称的、位于大殿前方、并用八边形帽顶为雄伟的大庙整体平添一份野趣的小小侧殿，体现了建筑物那独有的基本法则，拥有了显而易见的博学面貌，因而，可以说拥有了一种古典的美，而这种美，完全出于对规则的一种极其精妙的遵循。

孔庙由两部分组成。我看到几条带有一长排小供桌的甬道，每一个供桌前都摆放了又长又窄的石头祭台，占据了板壁前的空间，我猜想，这些供桌为一种快速的祭拜提供了一系列外在的箴言。但是，我们早已抬起了腿，越过了挡在脚下的高门槛，进入到圣殿的黑影中。

那个宽敞而又高深的大殿，因为外表神秘玄奥，看上去显得格外的空荡荡，笼罩在一片静谧和昏暗之中。没有丝毫装饰，没有一尊塑像。在大厅的每一边，一挂挂帷幔之间，我们能辨认出一块块巨大的牌匾，而在它们的前头，则是祭坛。但在庙堂正中央，就在五个巨大无比的石头纪念碑前面，摆着三只香炉，两个烛台，它们之上有一个金灿灿的小屋，像是华盖或神龛，用它连续的洞口，包围住了它下面的一块垂直而立的石碑，石碑上镌刻着四个大字。

文字具有这样一种神秘性，即它会说话。没有任何一个具体时刻能标志出它的持续时间，这里，没有任何的时间方位，符号的开端没有明确的年代：没有一张嘴能说得上来。但它存在着，参观者能面对面地辨认那些尚且还能读清楚的名字。

深刻的表述就在乌金华盖的后退一步之中，两根雕刻着神秘飞龙图案的柱子之间的字符，意味着它自身的寂静。巨大的红色厅堂仿佛有了黑暗的色泽，它的一根根支柱外裹了一层鲜红的漆。在庙堂正中央，在那神圣的字词前，唯有两根白色花岗岩的柱身似乎是永恒的证人，证明这地方本身的赤裸质朴，不仅具有宗教意味，且很抽象。

[1896]

榕　树[①]

榕树抽枝了。

这位生长在此的巨人，跟它的印度兄弟一样，不会用双手重新抓住土地，但是，它会高高地挺起圆盘似的宽阔肩膀，把它的根须带上天去，像是带上一串串手链。树干刚刚长出地面几尺后，就勤快地岔开了它的四肢，就像要在去抓一捆绳索之前拼命伸长手臂似的。这个大怪物以一种缓慢的伸展运动，千方百计地牵引肢体，竭尽全力地拉开身子，好不艰辛的劳作啊，就连粗糙的树皮都会裂开，让肌肉从皮肤中敞露出来。那是一些新生枝条直挺挺的抽张，种种迂曲与圆拱，腰肢和肩膀的扭曲，腿弯的放松，千斤顶和撬杠的游戏，是一条条胳膊在举起，在放下，似乎以它们伸缩自如的关节抬举起了身躯。这是巨蟒的盘结，

[①] 从克洛岱尔的《日志》来看，这一篇《榕树》(Le Banyan) 写于1896年6月12日，是时他在福州。

这是一条七头蛇，正奋力挣扎，要从坚硬的土地中脱身。人们会说，榕树正在从大地的深层中举起一个重量，并用自己伸长的胳膊的机械把它稳稳撑住。

它留守在村口，像一个身披浓密葱郁枝叶的长老，得到卑贱谦逊的族人的尊重。在它的脚下，人们摆上了一个供香的香炉，而就在它的心脏之处，在分枝的大杈口，则设了一个祭台，放了一个石头娃娃。它，始终扎根于此，是这整个地方的证人，用它众多的根须紧紧地抓住土壤，拥有着这片土壤，而无论它的树荫转向哪里，是独自跟孩子们逗留在一起，还是全村人都聚集在它盘虬浓密的凉荫底下，月亮的玫瑰色光辉都会透过它华盖的缝隙，以一个黄金的脊背照亮浓荫下的秘会，而这巨人，多少世纪以来，自始至终默默无闻地挺立在那里①。

有神话赞颂为当地百姓带来水的英雄，他撬开挡道的巨石，捅开堵塞的泉眼。而我则在榕树身上看到了一个植物界的赫丘利②，它威风凛凛，稳稳站立在它那艰辛劳作的纪念碑之中。难道不是它，这被缚的庞然大物，战胜了土地的固执而又吝啬的抵抗吗，靠了

---

① 参看《大地之入口》那一篇中的相似描写。
② 赫丘利：罗马神话中的大力神英雄，即希腊神话中的赫拉克勒斯，也译为海格力斯。

它，地下的源泉汩汩涌出，青草茂盛地生长，而水，如今则灌入了稻田。瞧，它抽枝了。

［1896年6月］

走向山野 ①

赤脚从游廊下面走出，我朝左瞧了瞧：山顶上，翻滚的云团中，一抹微红的磷光预示了黎明即将来临。满屋子是灯火的频繁闪亮，人们似醒非醒，身子发僵地吃过早饭，整理盒子，装箱子：准备上路。经过陡峭的山坡，我们潜入到当地人集居的郊区。

曙色朦胧，城市正在慢慢苏醒。厨子厨娘早已拉动风箱，在锅灶底下点燃了炉火：几家店铺的后堂中早已有一丝摇摇晃晃的微灯弱火照亮了劳作之人那赤裸裸的胳臂。尽管那些带有钩钩钉钉的木板平放在铺面上，悬挂在屋檐下，搭在了角落里，人们还是不管

---

① 《走向山野》(Vers la montagne) 这篇文字写于1896年6月，文中描写的显然是福州郊区的风景以及诗人的游历过程，尤其是在鼓山一带的游历，而据克洛岱尔的《日志》记载，这次郊游小住是在1896年6月24—27。此后的数篇诗篇，如《高处之海》《良心寺》《十月》《十一月》《绘画》《静观者》《十二月》等都明显写于福州。在写作此篇《走向山野》的前后，《认识东方》形成集子的想法就诞生了。也正是在这一时期，克洛岱尔写完了以中国传统故事为题材与背景的剧本《第七日的休息》(1896年8月17日)，而剧本《城市》的第二稿，则要从1897年4月才开始写。

它们的存在，横七竖八地随地躺着，呼呼大睡。有一个人半醒半睡，挠着肚子边上的肋骨，瞪起一只迷茫的眼睛，张开大嘴，瞧着我们，一副悠然自得的神态；还有一个睡得身体那么紧缩，仿佛整个人都粘在了石头上。还有某个人，裤腿卷得老高，几乎到了腰间，露出了贴在屁股上的一帖纸裹的膏药，正在敞开的大门边上冲着墙根撒尿呢；一个老太婆身穿像是腐水之上的浮萍那样的衣服，正高高地举起双手梳着头发，而她满脑袋都长了疥疮。最终，我还将回想起那个长了一个食人生番般脑瓜的乞丐，刺棱棱的头发乱蓬蓬的，活像一丛黑色的荆棘，野性十足，他直直地抬起了一个干枯如柴的膝盖，平躺在晨曦的微光中。

再没有比众人睡觉时刻的一个城市更奇特的景象了。这些街道就像墓地中的小径，这些居所也庇护着睡眠者，而一切，皆因其封闭，在我眼中显得庄严肃穆。在死人脸上显现的那种奇特变化，每个人都在沉酣的睡眠中经历了。当一个有眼无眸的婴孩一边轻轻呻吟，一边用一只软弱无力的手揉捏着奶妈的胸脯时，熟睡中发出沉重鼾声的男人重又深深地进入了梦乡。万籁俱寂，因为这一刻，大地正涌动源泉，准备让人畅饮，她的孩子们没有一个不会拥向她自由的乳房；不论是穷人，还是富人，也无论是老人，还是小孩，是义人，还是罪人，是审判官，还是囚徒，甚至连同牲畜活物，所有人全都在一起，如同亲密无间的兄弟，他们尽情地畅饮大地的琼浆！一切都那么神秘，因为眼下这一刻，人正在跟母亲交流。酣睡者梦兴正浓，不觉不醒，他紧紧抱住乳头，死不撒手，这个丰满的乳房依然还是他的。

街道始终散发出污垢和头发的气味。

与此同时，房屋则越来越稀少。我们看到成片成片的榕树，而就在树荫浓遮的池塘里，泡着一头肥大的水牛，只有那张脸以及如弯弯新月的巨大犄角浮在水面上，一双眼睛闪着疑惑诧异的光，朝我们望来。我们碰上一队下田劳作的女子；当其中一个笑起来后，笑声立即就被传播分享，在后面的四张脸上逐渐微弱下来，并最终在了第五张脸上被彻底抹却。朝暾初临，就在最初的一线晨曦穿越了清凉的空气的那一刻，我们来到了宽阔而空旷的乡野，我们把一条弯弯曲曲的小路甩在了身后，沿着种植了水稻、烟草、豆角、南瓜、黄瓜和甘蔗的一畈畈农田，一路走向山野。

〔1896年6月〕

高处之海[1]

一天，我爬上了山，来到那一个高度，山谷下，一些黑乎乎的岛屿露出水面，于是，我远远地望见了高处之海。

当然，通过一条崎岖不平的小道，我本可以轻轻松松地来到海边，但是，无论我绕它一段弯路，或者，我选择坐船，反正，那一片可以看得见的水面总是无法进入的。

因此，或者，我将吹响笛子：我将敲响皮鼓，而船娘，像一只仙鹤那样单腿独立，并用另一个膝盖顶住紧抱住她乳房的婴儿，摇动舢板，前行在平平的水面上，她会相信，就在云雾缭绕的天幕后面，众位神仙正在他们神庙的院子里尽情嬉戏呢。

或者，我将解开鞋带，把鞋子向湖那边扔去。无

---

[1] 《高处之海》(*La mer supérieure*) 写于1896年6月，与上一篇《走向山野》写于同一次郊游期间。

论它落到哪里,过路人都会跪下来磕头,会迷信地迎接它,点燃四炷香来崇拜它。

或者,我翻开双手,放在嘴边,呼叫一些名字:一开始,字词在死去,然后声音也死去;而,唯有意思到达了某人的耳畔,他辗转反侧,一会儿朝左,一会儿朝右,就像那个人,梦中听到有人召唤他,竭力想要挣断连线。

[1896年6月]

良心寺[①]

我都没有花费一天的工夫,便凭着它乌黑岩石的陡峭山坡发现了它,我只是在下午近傍晚时分,稳步踏入了那条通向寺庙的小径。

从我走在的令人晕眩的高处望去,宽广的稻田历历在目,描画得整整齐齐,如同一幅地图,我落脚所在的田沿是那般狭窄,我的右脚抬起后,仿佛踏在了一块地毯上,只见周围一片黄颜色,中间点缀有几处村庄。

寂静。通过一条覆盖了一层花白苔藓的古色古香的石阶楼梯,我下到月桂树的浓浓叶荫中,而这小径

[①] 良心寺(*Le Temple de la conscience*),徐知免先生(《认识东方》另一中译本的译者)译为"唯觉寺"。但根据中国的克洛岱尔研究专家黄伟女士的说法,应该是"良心寺",良心寺在鼓山的深处,至今仍在,寺门上题字为"良心寺",俗称"白云洞"。另外,福州的仓山区还有一座叫"普觉寺"的寺庙,规模较大,也比较有名。兹录此三种译法,并存疑。从这一篇诗文中的描写来看,应该是一座深山中的小寺,译者更倾向于取"良心寺"。据克洛岱尔的《日志》记载,他是在1896年10月30日去的那座叫"Temple de la conscience"的寺庙。

到了拐弯处却被一堵墙生生地挡死，我到了一道紧闭的门前。

我侧耳聆听。没有任何声响，人语声、鼓声、木鱼声皆无。我伸出双手，使劲拍击木头门环，用身子撞门，一概没有用。

既然都听不到一丝鸟鸣，我干脆还是翻墙而入吧。

其实，这地方是有人住的，我坐在晾晒有衣服的栏杆上，用牙齿和手指头剥开了从供桌上偷来的柚子的厚皮，此时，庙里的老和尚为我沏了一杯茶。

无论是门框上的楹联也好，还是供在寒酸岩穴深处为香烟所缭绕的偶像也好，甚至连那一口咬下去只让人觉得酸涩的水果也好，在我看来都不能构成这地方的宗教氛围。但是，就在围有一道平纹细布帷幔的低矮的讲坛上，这个圆圆的蒲团便是一切，等一会儿，比丘就将过来蹲坐在那上面，来打禅或是入定。

眼前这一片云缭雾绕山含峦抱的辽阔景色，我是不是会把它跟一朵花儿来作比较？此蒲团不就分明是它神秘的中心吗？它不正是此地和谐匀称的中心点吗？可以说，寺庙就是在此获得了它的生命，有了普世的悟觉，而住在此间者难道不是在其精神的沉思之中把一条线跟另一条线连接到了一起吗？

夕阳西沉。我攀越白天鹅绒一般的台阶，台阶上满铺了裂开的松果，恰似一朵朵玫瑰。

〔1896年10月〕

十 月[①]

我看到树木始终还是一片碧绿,但一切都是枉然。

无论是一片哀云愁雾把它遮掩,还是高天中悠长的宁静将它抹却,年岁都在渐渐入冬,一日日地逼近了命定的冬至之日。这阳光没有让我失望,遥远的丰饶乡野也没有;眼下有一种我说不清的过分的静谧,一种彻底的歇息,仿佛连苏醒都被排除在外。蟋蟀刚刚开始唧唧嘶叫便马上住了口;生怕超越这丰满的秋色,唯有这一点剥夺了众生发声的权利,人们恐怕会说,只有在这片金黄乡野的无比安宁中,才有合法的权利伸出一只赤脚钻将进去。不,我身后大片成熟庄稼之上的日头不再投射同样的光芒,我沿着那条田埂边满是稻草的小路走去,一会儿,在这里,我转过池塘的一角,一会儿,我又发现一个村子,于是,便渐渐地远离开阳光,把我的脸转向白昼时就能看见的那

[①]《十月》(*Octobre*)写的明显是福州一带的秋天景象。

个又大又圆的白月亮。

走出庄严肃穆的橄榄林后,我眼前展开了一片光灿灿的平原,一直延伸到山麓边的栅栏,正是在这一刻,导论之词传达给了我。哦,一个遭难季节的最后果实!在这白日将尽的暮晚,一去不复返的年岁的圆满成熟。一切都已终结。

冬季那迫不及待的双手将绝不会野蛮地剥夺大地。不会有凛冽的寒风,不会有尖刃般锋利的冰霜,不会有能把人溺毙的水。你远比五月份还更温和,或者,你要超过那在正午十二点时渗透到生命之源泉中的贪得无厌的六月,苍天带着一种不可言喻的爱向大地微笑。瞧啊,恰如一颗心听从了喋喋不休的劝告而同意让步,拱手退让;谷粒脱开了穗子,果实离开了树木,大地渐渐地丢弃了央求一切的战无不胜者,死神松开了一只捏得过满的手!它现在听到的这一话语,要比它婚礼之日的话语更加神圣,更加深刻,更加温柔,更加丰富:一切都已终结!鸟儿沉睡,树木在落到它枝条上的阴影中入睡,刚刚坠落到地表的太阳用一道平等的光把它覆盖,白昼结束了,年岁耗尽了。对此天国般的提问,给出的是这一声爱意满满的回答:一切都已终结。

[1896 年 10 月]

十一月[①]

伴随了整整一个白天的平静与劳作,夕阳终于落山。男人、女人和孩子,乱蓬蓬的头发上沾满了尘土与稻草屑,脸上和腿上也都是泥巴,却还在农田中忙活。这边,有人在挥镰割稻;那边,有人在收扎稻捆,恰如在一张壁纸上,一模一样的景色无穷无尽地重复,农田中四面八方都可见四四方方的木头大稻桶,农人们捏住一大把割下来的水稻的茎干,面对面地往桶壁狠狠摔打稻穗,干着脱粒的活儿;而与此同时,犁头就已经开始在翻耕泥田了。这里有谷粒的气味,这里有庄稼的清香。就在农人忙碌着的这片平原的尽头,可以看见一条大河,而那边,就在乡野的正中央,有一座凯旋门,被血红的夕阳映照得色彩鲜艳,为整个风景平添一份宁静。一个汉子从我身边走过,手里提落着一只火焰颜色的母鸡,另一个汉子一

[①] 《十一月》(*Novembre*) 写于福州。

根扁担压在肩上，前头负载了一个偌大的锡茶壶，后头则是一个大盒子，里面有一大束绿色的开胃香料菜，有一大块猪肉，有一大摞银纸叠成的元宝，那是准备烧给死人的，还有一条鱼，用一根草绳穿着，挂在扁担上。蓝色的上衣，紫色的短裤，在镀了一层金黄色的稻茬的衬托下亮得耀眼。

——但愿没有任何人会嘲笑这些慵懒的手！

狂风暴雨也好，翻腾咆哮的大海也好，全都摇撼不动沉重的石头。但是，木头会随水漂走，树叶会屈从于空气。至于我，我显得更轻，我的脚根本无法固定在土地上，而光，当它悄然隐退时，就把我顺手带走了。通过一条条乡村小街，我穿越松树林和墓地，通过乡野中的空地，我跟随着正在西坠的太阳。安详的平原也好，和谐的群山也好，落到朱红色庄稼之上的一片可爱的绿颜色也好，全都无法满足一双渴望着光明本身的眼睛。那边，就在高山用一道野蛮的墙团团围住的这四四方方的低洼中，气与水正以一种神秘的火在燃烧：我看到一片如此美丽的金黄，连整个大自然似乎都成了一大块寂静的死物，光明的代价，它所放射的光芒，带来的是一片深沉的黑夜。多么令人渴望的醉香啊！我会通过怎样一条神秘的道路，又会在何处加入你那吝啬的浪涛之中？

今晚上，太阳把我留在一棵大橄榄树①旁边，橄榄树的主人家正忙着采摘果子。一把梯子就靠在树身上，我听到浓密的叶丛中传来话语声。在这光明已转向幽暗的黄昏时分，我看到金色的果子在墨绿的枝叶中闪闪发亮。我悄悄凑近，我看到每一根细枝都清晰无比地描画在了铁石英一般的夜色中，我仔细凝望着小小的红橘子，我尽情嗅闻它那强烈的涩涩清香。哦，美妙的收获啊，给一个唯一的，一个唯一的承诺！这果实展现给了我们心中我都不知道的喜悦之情！

还没等我走到松林，夜色就已降临，一轮冷月把我照亮。太阳瞧着我们，跟我们瞧着月亮，我觉得这里头有一种区别；它的脸转向了别处，而就如一把火映照了大海的深底，通过它，漆黑的一团变得明晰可见。——在这古老坟墓的内部，在这坍圮庙宇的荒草丛中，我会不会邂逅一队成精的狐狸，披着美丽女郎或者睿智老者的外衣，白袍飘逸，素袖飞舞呢？他们早已在为我诵诗，让我猜谜了；他们请我喝酒，而我的道路早被遗忘得干干净净。但是，这些好客的主人

---

① 从下文的描写来看，应该是金桔（金柑）。

很想为我提供一种消遣；他们站立着上升，一个在一个之上——而我那看破了一切而大彻大悟的脚，如识途的老马，早就踏入狭窄的白色小径中，引我回家。

山坳深处，我已看到乡野人家的袅袅炊烟。

[1896]

绘　画[①]

但愿人们为我从四个角固定住这一幅绢纸，我不会在那上面画上天空；大海及其海岸也好，森林也好，山岭也好，全都引不起我的艺术灵感。但是，我会用一只质朴的手，从上方到下边，从左侧到右端，就像在崭新的地平线之间，画上大地。村镇的边沿分界，田地间的纵横阡陌，都将得到准确的描绘，包括那些已经在翻耕的田地，还有那些收割之后一捆捆稻草如队伍矗立的农田。任何一棵树都不会遗漏，连最小的房屋都将以一种天真的画技得到再现。仔细端详，人们会发现画中的人，这个男子手撑阳伞，正跨越一座小石桥，那个女子在池塘边浣洗衣物，那顶小小的轿子搭在两个抬轿人的肩上游走于小路，而那个耐心的耕种者正沿着一条犁沟，开出另一条新的犁沟。一条边上停靠有两排平底渔船的长长的路穿越了

[①]《绘画》(*Peinture*)写于福州。

整个画面，而就在那些圆形水沟的其中一条中，就在水面上倒映的一片蓝天上，人们看到了颜色有些泛黄的大半只月亮。

〔1896 年 11 月〕

静观者 ①

我是否曾在别处住过,而不仅仅是在岩石之心挖凿出的这一圆圆的洞窟中?无疑,一位僧人,三点钟时,准会为我带来我所必需的面包,除非这滔滔不绝的飞瀑流水之声便足以让我满足。因为,在那上面,就一百步之远的高处,激流飞挂而下,仿佛它是从明亮的天上直接溅落,穿透密集的幽篁,流经石缝,形成一条垂直的水柱,半昏暗,半明亮,发出狠狠的一击,死死地拍打在涧谷的岩石上,声若震雷。没有一只人类的眼睛能发现我之所在;这个小湖的滩岸便是我的居所,整片整片的阴影,直到中午才会消散,而奔腾的瀑布则永远都在喧闹地摇撼。高处,一股永不枯竭的清流从豁口喷涌而出,飞出一道圆弧,这被大口大口喝下的水乳交融一般的亮灿灿的清水,便是从

---

① 从《静观者》(Le contemplateur)文中的描写来看,很像是福州郊外的方广岩与方广寺一带的风景。后文《悬空屋》中的景象也类似。

慷慨豪爽的青天直接来到我身边的所有一切了。溪水从这个拐弯处流逸，有时，伴随着森林中鸟儿的鸣叫，我能听到，就在我所见证的这飞溅的瀑布声中，就在我的身后，那正向山下流去的溪水隐隐约约却缠绕不已的潺潺之声。

[1896 年]

十二月①

你的手，掠过这一片地方，枝盛叶茂的丛林边上的这一条山涧，触摸到你目力所及的红色土壤，于是，你的手和眼全都驻留在了这一幅丰彩的锦缎上。万籁俱寂，如封囊中；没有一丝扎眼的翠绿，没有一抹醒目的青嫩，没有一丛靓丽的簇新来违背这一结构，这一由饱满却又嘶哑的音调构成的旋律。满眼昏暗的乌云笼罩了整片天空，错落有致的山口上浓雾弥漫，简直可说是天与地连成一体，仿佛榫头咬定了榫眼，化成了朦胧的地平线。用手掌抚摩这一丛丛黝黑的松枝，那是落在平原风信子上的点点装饰，用手指头证实深深镌刻在这一冬日白昼的线条和薄雾中的种种细节，一排树木，一个村庄。时辰确实停止了；就如一个空荡荡的戏院，只有忧伤的氛围笼罩着，封闭的景色似乎在凝神谛听一个如此纤细悠长的、竟然连

---

① 《十二月》(*Décembre*) 写于福州。

我都几乎都听不见的嗓音。

十二月的这一个个下午非常温和。

还没有什么谈到引人苦恼的未来。往昔还没有彻底死去，却已在担忧会没什么能留存。那么多的牧草，那么丰盛的收成，却没有东西能留下来，除了散落的稻草与枯萎的毛屑；冰冷的水折磨着翻耕过的田地。一切都已终结。在一年与另一年之间，这里便是休闲与悬置。精神，则从其工作中解脱出来，凝神在一种沉默无语的喜悦中，冥想着新的举动，它，如同大地，在细细品尝着它的安息日。

[1896 年]

暴风雨 ①

早上，我们的轮船驶入了大海，钻入那一团团又低又软的雾气中，把那一片玫瑰与蜂蜜色的大地留在了背后。当我——我已从这幽暗昏朦的幻梦中醒来——寻找太阳时，我从我们的身后看到它已经落下；但在我们面前，作为大海这一死寂的黑色空间的界线，有一条长长的山脉，恰如一面雪坡，横贯在北方，从天的一端直到另一端；阿尔卑斯山，它可是什么都不缺少的，无论是冬季，还是严寒。我们的轮船独自航行于孤寂之中央，恰如一个斗士雄赳赳气昂昂地前行在巨大的竞技场中，劈波斩浪，分开忧郁的海水，一路驶向正变得越来越大的白色屏障。突然，那大片的乌云裂开了一条缝，就像有人打开了汽车的篷顶，为我们盗取了一丝蓝天：我瞥去一眼，想在这条

---

① 从这一篇《暴风雨》(*Tempête*) 中的描写来看，它应该是对从福州到上海的一次海上旅行（1896年12月20至22日）的回顾。当时，克洛岱尔离开福州，赴上海担任候补领事。

位于后侧地平线方向的明光缝隙中,依然再看到太阳的表面,一些如同被灯火照亮的小岛,三艘平底帆船正挺立在大海的浪尖波脊上。现在,我们猛地一冲,斜向地穿越被云彩骚扰的竞技场。沧海在摇撼,我们的船板也跟着颠簸,随着那无底深渊的运动本身,只见我们的船首高高地窜出,又深深地下潜,仿佛在庄严地频频点头致意,又仿佛一只公鸡在挑衅着对手。眼下已是黑夜;从北方刮来一阵刺耳的烈风,充满了恐惧。一边,一弯行进在乱腾腾云彩中的红月亮用一把透镜般的利刃把云层割得支离破碎;另一边,带着一张满是皱纹的凸纹玻璃脸的航标灯,在我们的前桅杆上高高地竖起。然而,一切都还很安静;水花始终在我们面前齐刷刷地飞溅,被一道阴暗的灯火所穿越,就像一个用眼泪构成的躯体,哗啦啦地流在我们的船尖上。

[1896 年 12 月]

猪[①]

我将在此描绘猪的形象。

这畜生长得真正是一种结结实实,浑然一体;没有关节,没有脖子,它一个劲地向前冲,就像一把犁铧。走起路来,它就像在四条矮壮的腿上颠簸不已,那简直就是一个长长的鼻子在前进,在探寻,只要一闻到什么气味,它就不顾一切地挺着巨泵般的身体冲上去,生吞活剥地吃个痛快。只要找到一个合适的洞洞,它就会一头扎进去,使劲地打滚。它根本不像鸭子那样,入水时略略有所摆动,也根本不像狗那样会富有感染力地撒欢;那是一种享乐,深切的,孤独的,自觉的,整体的享乐。它嗅闻,它细呷,它品味,人们不知道它到底是在喝,还是在吃;它圆鼓鼓,颤巍巍,冲锋似的跃入满是新鲜的烂泥坑,恰如

[①] 《猪》(*Le Porc*)写于1896年12月克洛岱尔从福州到上海前后这一段时间,诗篇中回顾的显然是在福州的生活。

扑向肥硕的乳房；它哼哼唧唧，它带着一肚子好下水尽情享受，它眨巴眼睛。这个趣味深邃的爱好者，尽管它始终起着功能的嗅觉器官不会放过任何什么，它的口味却根本不会在意那些鲜花或水果一带而过的清香；它会在一切东西中寻找食物：它喜欢那些丰富、茂盛、成熟的食物，它的本能会把它紧紧地连接在两样东西之上：泥土和垃圾。

饕餮之徒，淫荡鬼，假如我为你们介绍这一典范，你们一定会承认这样的一点：还缺少某种东西，无法让你们满足。无论是让它自身满足的躯体，还是它给予我们的无谓教义，全都不行。"千万别只拿眼睛盯着真相，但这毫无保留的一切便是你本人。"幸福就在于我们的职责和我们的遗产。某种完美的拥有已经给出。

——但是，恰如为埃涅阿斯提供了种种吉兆的那次遇见[1]那样，巧遇一头母猪在我看来永远都是带有预示的，是一种政治标志。它的腰身比人们透过雨幕望见的山岭还阴暗，当它躺下，亮出乳房，给一大群

---

[1] 参见维吉尔《埃涅阿斯纪》第八卷第 41 和第 81 行诗，神告诉埃涅阿斯，他将遇见一头白色的母猪，带着一窝三十头小白猪崽，后来埃涅阿斯果然遇见了大白母猪和猪崽。正是这一点向埃涅阿斯明明白白地宣告，他已经来到了特洛伊人安居的地方。

猪崽奶吃，任它们在自己腿蹄间乱拱乱挤时，它在我眼中完全就是一座座山岭的形象，而坐落在它溪流边上的一连串村庄就在挤它的奶，它本身的硕大庞然与奇形怪状，相较于高山也有过之而无不及。

我并没有忘记，猪血可以用来凝定黄金①。

[1896]

---

① 在中国，有一种说法，认定吃猪血汤是"补血"的良方，因为猪血中含有大量金属元素。

偏　流 ①

　　就让别的河流把橡树的枝枝条条，把富含铁素的土壤的红色泥汤带往大海吧；或是掺杂了梧桐树皮的玫瑰，或是零散的稻草，或是小小的冰板；就让塞纳河上，在十二月潮湿的早上，当九点半的钟声在城里的钟楼上，在起重机僵硬的胳膊底下敲响，就让那些装满垃圾的平底大驳船和负载酒桶的货驳启航吧；就让湍急雾浓的哈哈河②上突然出现一棵百尺高的冷杉，笔直的树干在奔腾的激流中挺立而起，恰如一柄野蛮的梭镖，就让赤道上的一条条河在它们浑浊的水流中带走一个个由树木与野草构成的混沌世界：俯伏而下，逆流系泊，这条河的宽度还不及我的胳膊，而它

---

① 这篇诗文《偏流》(*La Dérivation*) 与以下两篇《门》和《江》，最早发表在 1897 年 8 月 15 日的《白色杂志》上。这里描绘的大江应该是汉口一带的扬子江。1897 年 3 月到 9 月，克洛岱尔在汉口，代表法国以及比利时政府参与关于修建京汉铁路的谈判工作。
② 哈哈河是加拿大魁北克省中部萨格内-圣约翰湖的一条河流，源于哈哈湖，流经萨格奈，最终流入哈哈湾。

的广度则远不如我的吞咽。

西方的承诺并非谎言！记住了，这黄金并没有真正召唤我们的黑暗，它并不缺欢乐。我发现，仅仅观看还是远远不够的，站立着还不是办法；对欢乐的检验便是我身下拥有的那一切。既然，惊奇中，一脚走下陡峭的河岸时，我发现了偏流！西方的财富于我并不陌异。一切都从大地的斜坡中倾泻而出，涌向了我，它流淌。

无论是用手捏捻或用赤脚踹蹭的丝绸，还是一块神圣挂毯上厚厚的羊绒，都远远难以抵抗这一稠厚的液体，只有我自身的分量在那里支撑着我，而无论是奶之名，还是玫瑰之色，都远远不如我身上所接受的这一神妙之水的滚落。当然，我喝了，当然，我潜入了酒之中！让那些港口开放，以接纳载有来自高山地区的原木与谷物的货轮，让渔人撒开渔网，以止住水中的漂流物与鱼儿，让淘金者挖掘沙土，过滤河水：江河为我带来的财富不会更小。请不要说我看见了，因为在这一点上眼睛根本就不顶用，它要求的是一种更微妙的感触。享受，就是理解，而理解，就是包含。

在神圣的光芒为其整个的答案诱发了它所分解的影子时，这些水流的表面为我静止不动的航行打开了没有花卉的花园。在这些紫色的油腻腻的浪皱波褶之间，瞧这描绘渲染的水，就像蜡烛的反光，瞧这琥珀，瞧这最柔和的翠绿，瞧这黄金的颜色。但，我们还是噤声不语吧：我知晓的这个是属于我的，于是，这水将变成黑色，我将拥有整个夜晚，连同那些看得清楚和看不清楚的星星的全部数量。

［1897年3月］

门[1]

相比较于其门扇的关闭来，任何方形的大门开启得要更少。

很多人，迈着一种神秘玄奥的步子，走进冷冷清清的衙门，还有那个沉浸于一片寂静中的院子；但是，就在登门之人登上了台阶，手悬在了半空，马上要击打为来访者提供的那面鼓的一刻，他们从一声因距离太远而变得有些喑哑的叫声（因为做妻子的或当儿子的会朝着死者的左耳声嘶力竭地发出叫喊）中听到了自己的名字，于是，他们便战胜了一种致命的无精打采，直到离开那道已经裂开了缝隙的大门一到两步之远，灵魂终于重新找回了其躯体；但是，没有一个人名的旋律会把那个人带回来，他早已通过瞆聋的门槛，迈出了无以弥补的一步。而这兴许就是我居住的地方，于是，我站立在青石板上，让这阴暗的池塘

---

[1] 《门》(Portes) 写于1897年4月，其时，克洛岱尔应该在汉口。

把我包含在它的巴洛克风格的框架之中，我品味了沉默花园的遗忘与秘密。

就连一个古老的回忆也不比这条道路有更多的曲折，更奇特的通道，这路，以其一系列的院落、洞穴、走廊，把我带到了眼下我所在之处。这促狭之地的艺术，便是要对我隐藏起它的边界，让我迷路。起起伏伏的波浪形围墙把它分割为一个个包厢，而，当树木的尖梢和小楼的屋顶从围墙之上露出来时，它们似乎在邀请来客深入到它们的秘密中去，在他的脚步之下更新一番无不失望的惊讶，它们会把他带往更远。有一个侏儒般矮小的智者，脑瓜长得像一个圆鼓鼓的葫芦①，或是有一对仙鹤，高高地停在精雕细刻的翘檐上，屋顶之爵根本就不为一个荒凉至极的大厅投下阴影，厅堂里，连焚剩下的半炷香都不再冒烟，还有一朵被遗忘的花在那里久久地不肯褪色。公主，老者，刚刚从这个座位上站起来，而绿莹莹的空气依然隐瞒了鲜亮名贵的丝绸的窸窸窣窣。

多么的神奇啊，毋庸置疑，这是我的居所！在顶端镂空仿佛要渐渐消失的这些围墙中，我看到了一条条云彩，而那些魔幻般的窗户就是透过缝隙隐约分辨

---

① 这明显是中国的寿星老的形象。

的纷繁枝叶①;风儿在雾气中裁剪出这些参差不齐的缺口,每一边都留下几片尖端弯曲的叶舌。我绝不在另一个花园中采撷下午之花,我只留在此地,是一道奇妙的门把我引导到了这里,那道门的形状如同一个花瓶,或是一片树叶,或是一张喷出烟雾的嘴,或是其一轮圆盘已经触到了水面之线的夕阳,或是正在冉冉升起的明月②。

[1897年4月]

---

① 原文中这一句有不少带辅音"f"的词(ces fantasques fenêtres sont des feuillages confusément aperçus par des échappées),有文字游戏的味道,译者尝试在译文中采用带有辅音"f"的音(纷、繁、缝、分),另外把"h"的音也算上,克洛岱尔已在福州居住了很长时间,而福建人说话时,对"f""h"这两个音往往不太分辨得清楚。鉴于此,译文中故作这一尝试,以观效果如何。
② 参见克洛岱尔1895年8月1日写给鲍特谢(Pottecher)的信:"可爱的石头门,宁波的雕刻匠就是通过它们,打开了走廊和集市的入口。"

江①

我的目光从浑黄的宽阔大江上收回，移到正趴在船帮上测量水深的那个水手身上，只见他正以一种极有规则的运动，让细绳在手中滴溜溜地转圈，接着，猛一下就把铅锤扔进了饱含了泥炭的波涛中。

就像平行四边形的诸要素全都互相联接在一起那样，水则把一个归纳在了几何线条中的国家的力量表达得清清楚楚②。每一滴水珠都是转瞬即逝的计算，是周围斜坡越来越显得拥有道理的表达，而从一个已经找到了最低点的已知场域，一股水流就此形成，从一个更沉重的分量，流向一个更宽广的圆的更深的中心。而后者，则因力量与体积而巨大无比。这是一个世界的出口，这是前进中的亚洲的倾泻。它强大如同

---

① 这一篇《江》(Le Fleuve) 明显受到诗人那一次扬子江旅行的启迪，克洛岱尔是在1897年3月11日到14日从上海坐船去汉口旅行的。
② 1943年，老年诗人克洛岱尔曾写过一首题为《江》的韵文诗，表达了同样的概念。

大海，要走向某处，要维系于某物。没有分岔，没有支流，奔流独一；我们将白白地溯流而上好几天，我根本就抵达不到水流的交叉处，在我们的面前，永远都是一江涌流奔腾浩荡，从正中央把陆地大大地一破为二，并以一种同样的斩劈，阻断了西方的地平线。

一切水都为我们所渴望；当然，比起纯洁无瑕的蓝色大海来，眼前的这一江水更加呼应了我们体内肉与灵之间的某种东西，那就是我们负载了德与思的人类之水，黑暗中的炽热之血。这是世界的一条大静脉，是生命流通的一大主干，我感觉原生质就在我身体底下涌动前行，它在工作，在毁坏，在运送，在制作。而，当我们溯流而上，这巨大的一切从灰蒙蒙的天空直向我们涌来，却被我们的道路所吞没，此时，我们所迎接的是整个大地，众地之地，亚细亚洲，所有人的母亲，它原始，坚实，位于中央：哦，丰饶的胸脯！当然，我看到了它，野草到处滋生，想把它遮挡住，但根本没有用，我钻入了这一奥秘中：就像一种水，以它的鲜红证明了难以愈合的伤口，大地用它自身的质地来浸润这伤口：它没有别的物质，只有黄金。

天低云暗，云团飘向北方；在我的左旁右侧，我看到了一个昏暗的美索不达米亚。没有村庄，也没有耕地；在枝叶凋零的树木之间，东一点，西一点，唯有四五个原始的草棚子，河岸上挂有几张渔网，一条摇摇欲坠的小船在航行，这破破烂烂的船竖起了一片破布条充当船帆。毁灭曾在这地方肆虐，而这条滔滔奔流滋养了生命与食粮的大江，它所浇灌的并非一个比来自天堂之水所环绕的还更丰饶的地区，而那个人，在牛角上钻了孔，让人们第一次在毫无回声的乡野听到了那一声粗野而又苦涩的叫喊。

[1897年3月]

雨 ①

通过两扇我面前的窗户，两扇我左侧的窗户，还有两扇我右侧的窗户，我看到，并且用我的一只耳朵和另一只耳朵听到，雨正哗啦啦地下个不停。我想，这是中午十二点一刻：在我四周，一切皆为光与雨。我闭门谢客，把羽笔伸进墨水瓶，一边尽情享受着我那内在的、安全的、水生一般静谧的独坐冥想，恰如一只昆虫在一个气泡的中央，一边写下这首诗。

落下的绝不是毛毛细雨，也不是一种无精打采、若有似无的雨水。雨云紧紧地贴近了地面，雨滴密集而又粗糙地降临，竟是一种深刻而又强力的打击。好不凉快啊，青蛙们在这湿漉漉的茂密草丛中，几乎可以将水沼忘却！根本不用担心雨会停止；它无比充沛，它令人满意。我的兄弟们，对如此的饥渴，这神

---

① 《雨》(la Pluie) 这首诗应该写于汉口，大概是在他参与京汉铁路修建谈判工作行将结束之际。最早发表于1898年9月15日的《白色杂志》。本篇的手稿与《游廊之夜》《月光》和《梦》是写在同一张纸上的。

妙无比的畅饮会远远不够。泥土消失了,房屋泡汤了,树木被浸一般地淌着水,就连像一片汪洋那样遮断了我的地平线的那条大江本身,似乎也被雨水淹没了。时间于我不再持续,我竖起耳朵,听的却不是任何钟点的敲响,我冥想着赞美诗那无数却又平淡的音调。

然而,到了将近傍晚时分,雨还是停了,与此同时,厚积云酝酿着一次更阴险的冲击,恰如伊利斯①从苍穹之顶直愣愣地融化在了战役的中心,一只黑蜘蛛停了下来,脑袋冲地,屁股悬在窗户的正中央,窗户已被我打开,冲着茂密的枝叶,冲着青核桃皮颜色的北方。暮色苍茫,该是开灯的时候了。我为暴风雨献祭了这点滴墨汁。

[1897年]

---

① 伊利斯(Iris),希腊神话中的彩虹女神。

游廊之夜 ①

某些红皮肤的印第安人相信,出生即死的婴儿的灵魂寄寓于蛤蜊的贝壳中。今夜,我听到了雨蛙欢闹不歇的合唱,就像一场小孩子们咿咿呀呀的朗读,像小姑娘们呜呜咽咽的背诵,像一连串元音的喧嚣。

——我曾长久地研究过星辰运转的习惯。有一些是单独出来的,另一些则成群结队地升起。我辨认出形状如一道道门扉和一个个岔路口的星象。最容易被人发现的地方,纯洁而又发绿的木星上升到最高那一点,像一头金牛犊那样行走。星辰的位置决非随意而定;它们彼此间保持距离的游戏给了我天体深渊的比例,它们的摇摆参与了我们的平衡,与其说是机械的,不如说是命中注定。我用脚触摸它们。

---

① 本篇《游廊之夜》(*La Nuit à la vérandah*) 的手稿情况同《雨》,但"游廊"的形象显然更多地属于福州等闽粤之地所特有。

——奥秘,来到这十扇窗户中的最后一扇之后,还需穿越无人居住的黑黢黢的房间,降临到那另一扇窗上,撞上星辰图的另一个片断。

——不会有任何擅入者来打乱你的梦境,如此的天体目光根本不会透过围墙妨碍你的歇息,假如,在躺下入睡之前,你就小心翼翼地把这面大镜子对着夜空摆放妥当。地球不会向星辰展示一片如此辽阔的海洋,而不同时为它们的冲动提供更多的掌控,还有它自己那如同照片显影液一般的深深的沐浴。

——夜晚如此静谧,让我觉得它是咸的。

[1897 年]

月　光①

从这一把为我摆脱困境、为我的盲目打开羊绒之门的钥匙，从这一难以抑制的出发，从这一将我激活的神奇便利，从这一相聚，胎儿一般，带着我那颗为这些无法解释的答案而无声爆炸的心，我明白我睡着了，而我又醒转了。

我曾把一个浑浊而又阴暗的夜留给了我的四扇窗户，而现在，我从游廊底下走了出来，看到了天地间充满你的光辉的一切可能性，哦，你这梦幻的太阳！我压根儿就不担心它，这从黑暗深处冉冉升起的光亮消费了睡眠，以一记更重的打击把它压倒。我跳出了我的卧床，来端详这玄奥的镜子，恰如一个祭司醒来

---

① 1896年6月到7月间，在《坟墓——喧哗》一文手稿的背面，克洛岱尔已经写下了本篇《月光》(Splendeur de la lune)的主题。那一段短文拟定的标题为《月亮与菊花》。正文不长，如下："如同夜晚人们在墙上看到一面镜子挂在某种从微微开启的密室而来的灯光之下，看起来就像黄金一样闪光，如同在一个封闭的房间中，一个装满水的盆子会向板壁传送一道微光，正如此，月亮，完全沐浴在来自世界之外的这片光辉中，以一道反射光把我们照亮。"

去行神秘之事，但是，这一切并不是白费劲的。太阳的光芒是生命与创造的一个动力，而我们的视觉参与到它的能量中。但是，明媚的月光就如同思维的凝望。被掠走了色调与热量之后，只有它本身显露给了我，而整个的创造在它鲜艳夺目的表面被描绘成了黑色。庄严的狂欢！清晨来临前，我静观世界的形象。而这棵大树早已繁花盛开：它傲然挺拔，通体整一，就像一朵巨大的白色百合花，夜之妻，它花枝乱颤，处处滴落着光明。

哦，下半夜的太阳啊！无论是炫目天顶的北极星，还是金牛座的红色灯火，还是位于那棵深邃大树中心的、随着那丛树叶的翻腾不时露面的那颗行星，浅色的黄玉，全都不！全都不是为我选中的女王；它就在那高处，最遥远最隐蔽的那颗星星，隐没在如此的一派光明之中，而我那只与心灵息息相通的慧眼，唯有看到它行将消失在那里时，方能把它认出。

[1897 年]

梦 [1]

夜里，当你前去听音乐时，请别忘记带上灯笼，以备返回时所用：穿上白色的鞋，让你迈开的每一步都不离开你的目光：请一定小心，风里雾里的，万一你的鞋底踩到一级看不见的台阶上，一条不同寻常的路就会诱使你进入一段无法补救的迷途，直到黎明的曙光发现你被困在官府衙门一根旗杆的顶楼中，或是在庙宇一道墙的墙角上，像一只蝙蝠那样倒挂在一个奇幻怪物的脑袋上。

——看到这堵白色的墙被月亮的烈焰所照亮，神甫，靠着那一把舵，毫不犹豫地把他的船划向这里；直到清晨，一片赤裸裸光灿灿的大海丝毫也不透露出那柄桨无比玄奥的浸没。

---

[1] 据法国的克洛岱尔研究者研究，《梦》(*Rêves*) 这首诗应该写于江西庐山的牯岭，克洛岱尔于 1897 年 7 月在牯岭小住。

——渔人,在充分领略了这满是寂静与忧伤的漫长白天,这天空,这乡野,这三棵树和这水①之后,再没有让他的等待无谓地延长,他的钓竿上什么都没逮住;他感觉在他的脏腑深处有一根带钓钩的硬线在柔柔地拉扯,它穿越平静的水面,把他带往黑黢黢的池底:一片叶子倒转着慢慢落下,丝毫没有惊扰池塘晶亮的涟漪。

　　——谁知道,将来某一天,你还会有什么地方不会碰到你自己手的痕迹,碰到你大拇指的戳印,假如每天夜晚,入睡之前,你都会小心翼翼地往手指头上涂抹又厚又黑的墨汁?

　　——小船儿,几乎垂直地停泊在我家烟囱的外口孔洞旁,等着我。结束了工作后,我应邀去一个小岛上喝茶,从东到南再到西,一路上,那样的小岛很多,穿越了天空。凭借着它那些建筑的堆砌方式,它那些大理石墙壁的暖色调,这地方很像是一个非洲或意大利的城市。下水道系统十分完美,从我们坐着的平台上,可以尽情享受一种清新有益的空气,以及视

---

① 参见诗人本人创作的《五大颂歌》之二《精神与水》中的诗句:"大地,蓝色的天,河流,带着它的船只,还有河岸上的三棵树"。

野广阔的美景。一些未完成的工程，废弃的码头，倒塌的桥梁，从四面八方围绕着这个基克拉泽斯①。

——自从我们居住生活的黄泥巴筑成的河堤被置入那个洪水的螺钿盘以来，每天，我都要去壁垒墙围处察看水灾的进展，而幻象与神迹纷纷向我涌来。从潟湖的另一侧，一条条船儿源源不断地为我们运来泥土，以求加固我们那日渐削弱的堤坡，但都归于无用。在这些阡陌纵横、绿油油的田野上，农夫毫不怀疑地播撒下种子，献出劳作；而有那么一天，我登上堤坝时，会看到大片农田被曙光色的滔滔洪水所替代，那时，我对它们还能寄于什么希望呢？东一处，一个孤零零的村子露出水面，西一处，一棵树的枝叶还在水面上冒着，未被淹没，而在一队黄衣人挥镐挖掘的地方，我还看到一条条小船如睫毛眨动。但是我在过于美丽的暮色中依然读到了种种威胁！可怜巴巴的士兵死守着城门，吹响了四肘②长的喇叭，预告着夜间的汛情，可这条坍塌的圩堤，还不如一条警戒色欲的古老箴言，将无法保护我们乌黑的工厂以及我们

---

① 基克拉泽斯（la Cyclade）是希腊爱琴海南部的一个群岛，也是南爱琴大区下属的基克拉泽斯州所在地，它一共包括二百多个岛屿。
② 肘（coudée），法国古代的长度单位，一肘约合 0.5 米。

堆满了牛皮和羊油脂的商店,来抵御夜晚,抵御那些玫瑰色和天蓝色的洪水的猖狂肆虐。奔腾而来的浪涛会轻而易举地推倒我,夹住我的腋窝,把我卷走……

——而我重又看见了自己,在风中老树最高的那个分杈上,那个在苹果树丛中晃荡的孩子①。从那儿,我像一个神,端坐在它的茎干上,我作为世界戏剧的观众,通过一种深邃的观望,研究着大地的形态与构造,坡度与层面的结构;我眼神凝定如一只乌鸦,端详着在我的高枝下伸展开的乡野,我用目光跟随那条路,它连续两次隐约出现在山岭的脊梁上,最终消失在森林中。对我而言,什么都没有失去,烟雾飘逸的方向,光与影的质量,农耕劳作的进展,那辆车在道路上的挪动,猎人手中的枪的开响。根本就不需要报纸,我从报上读到的只是往昔;我只需爬上这根枝杈,我的目光便能越过高墙,看到面前现时的一切。月亮升起来了;我把脸转向它,沐浴在这一果实之家中。我纹丝不动,时不时地,会有一个苹果从树上落下,恰如一个沉重而又成熟的思想。

[1897 年]

---

① 这里,明显可见诗人克洛岱尔对家乡维勒纳沃(Villeneuve)景象的回忆。

酷　热 ①

好端端的白天，却比地狱还更难受。

室外，一轮烈日在暴晒，吞噬了一切阴影，而一片耀眼的光亮是那么的凝定，显得像坚实的固体。我在我周围觉察到的，更多的是惊愕僵呆，而不是静止不动，是行动中的停止。因为大地在这四个月里圆满完成了它的一代繁育；如今，该是天公扼杀地妻的时候了，他点燃了火，并揭开罩在火上的屏障，用一种严酷无情的亲吻来惩罚她。

至于我，我会说什么呢？啊！假如这火焰令我软弱地害怕，假如我的眼睛转向了别处，假如我的肌肤留下热汗，假如我弯曲起腿脚的三重关节，我将会指责这一惰性的物质，但是在一种英雄的激情中会生出阳刚精神来！我感觉到了！我的心灵在犹豫，然而，

---

① 这一篇《酷热》(Arduer) 应该写于1897年7月26日，克洛岱尔当时还在汉口，他代表法国政府参与铁路修建的谈判工作有"四个月"了，并领略了汉口"火炉"一般的夏天。

仅仅只有高尚感的话，是无法满足甜美而又可怕的嫉妒心的。但愿其他人能逃逸于无形，遁隐于地底，小心翼翼地堵住他们房屋的缝隙；但是，一颗崇高的心被爱的艰难之尖点紧紧揪住，拥抱了热火与折磨。太阳啊，你就成倍地增添你的火焰吧，仅仅点燃还是远远不够的，彻底地烧个够吧：我的痛苦只会是受苦受得还不够。就让所有的不纯洁统统烧光在火炉中吧，就让盲目的一切彻底毁灭在光芒的酷刑中吧！

[1897 年]

城市之观 ①

此时此刻,那个既无妻室也无子嗣的男人,带着一种强烈的预感,匆匆来到山脊上,身与西下的夕阳齐平,却远在苍茫大地与芸芸众生之上,天空中,一种城市风貌再现的庄严布局装点了巨大的悬念。

这是一座众庙之城。

在现代城市中,人们看到街道与街区鳞次栉比,密集逼仄,往往围绕着一些交易所,菜市场,学校,还有市政部门,而它们高翘的屋脊和协调的连片大厦则会从千篇一律的屋顶中冒出头来,仿佛鹤立鸡群。但是,这一名胜古迹到了晚上便显现出三重大山层层叠叠的形状,完全是一个永恒之城的形象,丝毫不露人间烟火的细节,而在它市政建设无穷无尽的调整中,在它筑物的顺序中,也不显露任何补缺的痕迹,

---

① 在诗人的手稿中,这一篇《城市之观》(Considération de la cité) 的题目为《云》,收入集子之前未曾单独发表于杂志。

反正，它们跟一种如此卓越的便利没有任何关系，因为那样的一种便利，层层台阶的配备，说实话，没有一样不是后来的举措。

恰如王国的一个公民，千里迢迢地来到京城，会寻求在那里发现宏大的胜景，那么，一位脚上鞋子早已磨得破烂的沉思默想者，当然也会一边眺望耶路撒冷，一边自我研究，以求参透此地此境的法律和生活情境。那些正殿也好，那些穹顶和塔门的体系和建制也好，都不能摆脱一种宗教崇拜的苛求，而无论是围栏的蜿蜒伸展，还是平台的装点细节，对典仪的进展也都不会漠然无视，无动于衷。塔台的壕堑，城墙的重叠，长方形大教堂和圆形竞技场，形状各异的水池，四方形花园中齐整的树梢，全都是同样雪白的颜色，而让它们略显阴沉的微微偏紫的色调，兴许只是一种无可弥补的距离为它们平添的凄惨悲凉之感。

这就是一个孤独之城显现给我的模样，一瞬间，在晚上。

[1897年]

顺流而下 [1]

啊！愿那些人继续酣睡吧！愿船儿此时此刻没有中途停靠！愿这样的一种不幸能得到避免，但愿没有听到过它或曾经说出过它，一句话！

我在火焰中醒来，脱出了深夜的睡眠。

那么多的美景让我禁不住笑出来！多么豪华！多么壮丽！这永不熄灭的色彩多么强烈！那是曙光。哦，天主，这一道蓝色对我是那么新颖！这一抹绿色又是那么柔和！真清爽！还有，瞧着这一片天，多么平静，看到它依然还那么黑，一颗颗星星都在眨巴眼睛。但你是知道的，朋友，无论你转向哪一边，只要你抬起眼睛，只要你毫不脸红地注视着天空中的亮星，你就知道它为你保留了什么。哦！但愿这恰恰就是它让我观看的颜色！那根本不是红色，那根本不是

---

[1] 《顺流而下》(*La Descente*) 这首诗明显与克洛岱尔 1897 年 9 月从汉口到上海的那一次旅行有关，当然也跟他此后的几次旅行有关。

太阳的颜色；那是鲜血融入到黄金之中！那是生命消耗在胜利之中，那是永恒中青春的源泉！想到这是旭日在东升，我却一点儿都没减弱激动的心情。但是，让我像一个情郎那样心中慌乱的，让我肌肤止不住战栗的，倒是对这一点的光荣的直觉，是我的允诺，是扑面迎来的这一喜悦！

哦，我的心，请畅饮这永不枯竭的快乐吧！

你害怕什么？你还看不到这加快了我们船只行进的水流会把我们带往何方吗？为什么还怀疑我们到达不了，怀疑一轮巨大的日光恐怕不会回应一种如此允诺的光彩？我预料太阳将会升起，而我必须准备好经受它的力量。哦，光明！请把所有转瞬即逝的过渡事物都淹没在你无穷无尽的深渊中。愿正午前来，它将给我机会好好领略你的领域，夏季，并且带着分外喜悦的心情，尽情地享受阳光——静坐于整片大地的平和中，在谷物的一派寂静中。

[1897 年年末]

钟 ①

空气中流淌了一种完美的静谧，那一刻，太阳消耗尽了正午的奥秘，大钟，正好悬挂在旋律之穴位上的，在雪松木的羊头撞锤的撞击下，以其富有共鸣性的微凹表面，跟大地一起轰然震响；而此后，随着木槌的一次次后退，一次次进击，钟声穿越高山和平原，构成了一道围墙，人们在遥远的地平线上看到的一道道巨石砌成的门，则构成了它匀称的间距，正是这围墙，标画出了下方雷鸣的音量，并勾勒出其声响的边界。一个城市在围地的某一角落中建起；其他地方则依然被田野、树林、墓地所占据，东一处，西一处的，在埃及无花果树的阴影下，从一座塔寺深处传出的铜钟的震颤，引来了一度沉默的魔怪的回声。

---

① 《钟》(*La Cloche*)的手稿中有"南京"的字样，表明可能写于克洛岱尔1897年9月从汉口到上海旅行途中，在南京中途停靠期间（9月6日到8日）。文本中所依据的传说也与南京有关。

就在康熙皇帝曾来研究老年之星的观象台①附近,我看到了安放有大钟的那座神殿,大钟由一位老僧专门看守,钟上镌刻有铭文,钟前摆放了各种供品。大钟的喇叭口,约有一个中等身材男子伸开的两臂那么长。我用手指头轻轻敲了一下大钟那厚达六寸的壁,它在最细微的振动中立即歌唱起来,我竖起耳朵久久地谛听。我回想起了那个铸钟匠的故事②。

无论是丝绸之线,还是肠衣之弦,都能在指甲的弹拨或琴弓的拉动下发出音响,也无论是竹笛,还是木管,一向来就能在风的鼓吹下生出音乐,工匠对此毫不感到惊讶好奇。但是,在他看来,从基本元素中取材,从原始的泥土中挖掘出音阶来,这才是让人本身产生振响,并整个地唤醒其共鸣的根本办法。他要用他的技艺来铸造大钟。

他造的第一口钟在一次风暴中被卷上了天。而第二口,正当人们把它抬到船上之时,不幸落入了浩荡

---

① 所指应为南京鸡鸣山观象台(也称南京钦天山观象台),但是,康熙八年(公元1669年)鸡鸣山观象台的仪器设备被移往北京。从此,观象台已成虚名。
② 在中国各地,关于大钟的传说故事有很多。其中之一说的是明太祖朱元璋命匠人康茂才造钟,康屡铸不成,他的三位小姐知父难事,亲投炉中,出钟三口。金受申所著《北京的传说》中,铸钟故事中的主人公则是老邓头和他的女儿。另一说,铸钟的大工匠叫华严,铸成的大钟就叫"华严钟"。

大江，沉到满是淤泥的深底。于是，铸钟匠下定决心要在死前造出第三口钟来。

这一次，他希望能从一个又高又深的管道的囊袋中，采撷作为哺育者与繁殖者的大地的灵魂与整个声响，并在雷鸣的唯一一击中获得一切音响的最圆满部分。这便是他构想的计划；就在他开始着手铸钟的那天，他的女儿诞生了。

他为他的作品忙活了十五年。但是，尽管他早早设计了那口钟，并且以精湛的技艺为它规定了大小尺寸，还有轮廓和口径，一切努力最终还是白费了；兴许是，从最秘密的金属中会释放出倾听和战栗的一切，他做出的薄片是那般敏感，手指头轻轻一碰触，它们便振荡不已；又或者是，在唯一一个发音器官中，他竭力浇铸了种种的特质和和音；从沙模中倒出来的尽管是清清爽爽毫无差错的一大块，青铜的腰边在受到试探的叩击时却始终不能给予期望中的回答；更令他忧虑的是，双重震颤的敲击虽然在准确的音程中获得了平衡，钟声却让人根本感觉不到生命的气息，感觉不到一种说不明道不清的柔美圆润，无论如何，唯有人类之口的唾液才能为所吐的词语构成这种绝美的音色。

与此同时，女儿也在父亲的绝望中渐渐长大成人。她已经看到，老人家被狂热所煎熬，不再寻找新的合金材料，而是把麦穗、芦荟汁、新鲜奶，甚至还有他自己脉管中的鲜血投入熔炉。此时，一种巨大的怜悯之情在贞洁女儿的心中生成，时至今日，女人们还会因为她的这一情感而来到大钟旁，来敬仰她那木雕彩塑的仪容。那时，她向地下之神做了祈祷，换上了婚礼才穿的嫁衣，像一个坚定的牺牲者，还在自己的脖子上扎了一圈稻草绳，然后，纵身跃入了烈焰灼灼的金属熔液中①。

就这样，一个灵魂注入了大钟之中，而生命的基本力量赢得了回响，大钟拥有了一种贞洁处女的优雅仪态，连带还有一种不可言喻的流动性。

而老钟匠，吻了吻依然温热的铜钟，便用木槌使劲敲将起来，当他听到一阵阵和谐的钟声飞扬起来时，心底里激起的快乐是如此热切，感受的胜利是如此壮丽，接着，一下子，他的心顿时萎靡颓衰，不禁双膝一软，身子跌倒，溘然长逝了。

从那一天起，一个城市诞生在了这大钟满满的喧

---

① 金受申所著《北京的传说》的铸钟故事中，钟匠的女儿投身铸钟的金属熔液时，家人来不及阻止，只拿到姑娘脚下脱落的一只绣花鞋。故而，后来的大钟故事中把钟的响声描述为"邪！邪！"（与"鞋！鞋！"谐音）。据考，克洛岱尔剧作《缎子鞋》的题目，与这一故事也有一定的关系。

哗声中，金属有些裂缝，钟声有些嘶哑，只回应以一种发闷的声响。但是，心怀警觉的智者还是能够听出（在旭日东升之际，当一阵微微的凉风会从杏黄色与啤酒花色的天空中吹来时），第一口钟在高高的天际响起，而在夕阳西下的苍茫暮色中，第二口钟会在满是淤泥的浩荡大江的深底敲响。

[1897年年末]

陵　墓[①]

在明孝陵牌坊门的牌额上，我读到了下马步行的禁令[②]；在我右侧的芦苇丛中，有几块残破的雕石片，另外还有一块很精致的黑色花岗岩的石碑，上面镌刻的碑文详细规定了陵园的种种法规；禁止损毁器皿，禁止高声喧哗，禁止破坏礼仪净化用的水池，等等，不过，这样的一种威胁似乎已被长年滋生的苔藓所中断。

肯定已经过了两点钟，因为，从小半片显出苍白黯淡之色的天空中，我发现圆圆的太阳无精打采的。抬眼望去，整个墓园一览无余，目光一直可达对面的山上，于是我鼓起勇气，走上墓葬之路，穿越这片本身就已死去的专为死亡而保留的地方。

[①] 《陵墓》(La Tombe) 与上一篇诗文一样，写于从汉口到上海旅行途中，记述了克洛岱尔在南京拜谒明孝陵的经历。
[②] 此石头牌坊门叫"下马坊"，坊额上刻"诸司官员下马"六个楷书字，以告示进入明孝陵的各等官员必须下马步行，以示对已故的明朝开国皇帝朱元璋的尊敬。

首先，是一个紧接着一个的两座四四方方的砖头山①。中间部分是镂空的，有四个拱门开向东南西北四个方向。厅堂的第一进是空的；第二进安卧有一个巨大的大理石乌龟，龟背之高，我伸长了手臂，才勉强够得到它那满脸须髯的头，龟背上驮着一大块石碑，上面满是赞颂浩荡皇恩的文字②。"这就是大门了，开始入土之处，就是在这里，"我说，"死者会在一个双重门槛上权厝一时，这位世界之主，要在大地四极和天空之间接受一次最高的祭拜。"

刚刚从北门出去，我就看到，在我面前，亡灵之国敞开了门扉（我可不是白白地穿越了那条小溪③的）。

因为，我眼前出现了两列巨硕无比的动物塑像，构成了一条通道。巨大而又畸形的石头像在荒草丛中巍然挺立，它们面对面地，分别以跪姿和站姿，连续重复了各自的成双成对，公羊、独角马、骆驼、大象，一直到那个拐弯处，长长的队列才隐匿不见④。再

---

① 即"神功圣德碑亭"，俗称"四方城"。
② 应该就是明成祖朱棣于永乐十一年（1413年）为朱元璋撰述的"大明孝陵神功圣德碑"。
③ 即"御河"，在四方城西北方向约一百米处。
④ 明孝陵的神道由东向西北延伸，两旁依次排列着狮子、獬豸、骆驼、象、麒麟、马六种石兽，每种两对，共十二对二十四件，每种两跪两立，夹道迎侍。

远处，则排列有文武官员的石像①。这些石像代表了百兽和百官，参加了对牧者的葬礼。由于我们此时已经穿越了生命的门槛，也就没有太多的真实本相能与这些假象契合了。

据说，就在这里，辽阔的墓地中埋藏了一个更为古老的朝代的金银珠宝和骨殖遗骸，为了不再阻挡通途，神道也就转向了东边。我现在走在了武将与文臣的中间。他们有的站立，身手完整；有的则俯卧在地；一个掉了脑袋的战将一手依然紧握剑柄。在一座三孔桥②上，神道穿越了第二条沟渠。

现在，通过一系列台阶，我穿越了平台与院子中已然遭毁的一段，台阶中央的腰线上还隐约显现皇家飞龙的图形。这里就是享殿的台基③，只剩下平坦的遗迹，人的脚从这里离开后就已让土地永远丰饶不朽了，这里还有宰牲的平台，气派庄严的内院，其中，已然遭毁之物混迹于依然留存之物之间，明证了它在往昔岁月中的辉煌存在。中央的宝座尚在，其华盖依然庇护着皇朝的铭文。四周，早年的庙宇殿堂与使馆

---

① 即"石翁仲"。石翁仲东西相对而立，有武将文臣各两对，共八尊。
② 应为"御河桥"，是一座石砌桥，原为五孔，现存三孔。
③ 享殿，也叫孝陵殿，是明孝陵的主要建筑，位于碑殿之后。原殿毁于战火，现存三层汉白玉须弥座台基。

驿舍早颓败为一片废墟，湮没在了荒草荆棘中。

此刻，陵墓，就在我眼前。

在四方形小城巨大的突出部分之间，第三条小溪那又深又陡的壕沟后面，有一道墙，毫无疑问，这就是道路的尽头了。一堵墙，仅仅只是一堵墙，高达一百尺，宽有二百尺。经历了众多世纪的风雨侵蚀之后，这一无情的屏障显现出一面毫无孔眼的砖石死壁。只是在底部正中有一个圆洞，像是砖窑的口子，或是囚室的气孔。这道墙便是与悬垂其上的山体相分隔的某种梯形基座的前侧隔墙。它的底下，是一种内凹的槽板，就在一个悬凸出来的挑檐下，如同一个托座，把它显露出来。任何一具尸体恐怕都不会像这墓中的主人那样，会在自己身上压上一堆如此的重负。皇家陵墓的这种无比气派的加高，简直就是死神本身的宝座。

一条笔直的通道沿着倾斜的层面一路向上，从好几处穿越了山丘。尽头处什么都没有，只有高山本身，其陡峭的坡面就已深深地显示了这古老的明朝。

我明白，这是一个无神论者的坟墓。时光早已抹却了众多的寺院，让一座座偶像躺倒在尘埃中。这地方，一切都消逝了，唯有布局随同概念留存了下来。门槛上富丽堂皇的灵柩台丝毫没有留住死者，送葬的队列也没能迟缓他的荣光;他跨越了三条河,他穿过了熙熙攘攘的广场和烟雾缭绕的熏香。连后人为他建造的这一殿堂都没能、都不足以将他保留下来;他钻破了它,进入了躯体本身,进入了原始大地的作品。这是简单的埋藏,生涩的肌肤与无生命的坚实泥土的会合;凡人与帝王一劳永逸地凝定在了死亡中,没有梦幻,没有复活。

但是暮晚的阴影笼罩在了旷野的景色上。哦,废墟啊!在你们之后,陵墓还将存留,而在死亡之后,完美的符号还会留在这一大片唐突的筑物中。

正当我转身回去,走在这一大片巨大的石头雕像中间时,我看到,在枯草丛中有一具剥了皮的马尸,一只野狗正在撕咬它。那畜生一边朝我张望,一边继续舔着从它的垂唇上淌下来的血,接着,重又伸出爪子,在鲜红的马背上使劲抓,它撕下了一条长长的肉。边上,马的内脏淌了满满一地。

[1897 年 9 月]

水之忧 [1]

我希望，那是快乐中的一种观念，那是欢笑中的一种视象。但蕴含在创造之举中的这一幸福与苦涩的混杂，朋友，为让你在此时，在一个阴郁季节开始之时能了解它，我将为你解释水之忧伤。

从天上坠落或是从眼皮中溢出一滴一模一样的眼泪。

不要想去责备云团中你的忧思，还有黑压压骤雨的这一道帘幕。闭上眼睛，静听！下雨了。

这单调的持续不断的淅淅沥沥声不足以充当解释。

这是一种哀伤的忧烦，本身自有其原因，这是爱的劳累，这是劳作中的艰辛。苍天在大地之上哭泣，让它肥沃丰产。这绝不是秋天，等未来的果实落下，

---

[1] 据克洛岱尔的《日志》记载，《水之忧》(*Tristesse de l'eau*) 这一篇写于1898年1月，应该就在他去宁波和舟山旅行之际。手稿纸页上的抬头有"上海总领事馆"的字样。

等它们孕育的籽粒引来冬云的眼泪。痛苦就是夏季,在生命的花季中,在死神的绽放中。

就在正午前的那一刻结束之际,正当我走下条条溪流喧闹奔腾的山谷,我停下了脚步,心中一阵悲伤。这些激流是多么充沛!如若眼泪也像血液那样在我们体内有一股永畅之源,耳听那滔滔奔涌或潺潺细淌的液体之音的合唱,从中配之以其辛劳的种种色调,那该是多么令人心清气爽啊!源泉啊,还有什么激情不能向你借取眼泪啊!尽管,这唯一一滴的光亮从高高的承露盆上溅下,带着月亮的形象,于我的眼泪就已足矣,而我,在众多的一个个下午,将不会白白无用地学会认识你的隐蔽之所,忧伤的山涧。

我终于来到平原。在这棚屋的门槛上,在内心的昏黑中,微微闪亮着为某个乡村节庆而点燃的蜡烛,一个汉子坐在那里,一只手拿着一面灰尘蓬蓬的铙钹。倾盆大雨从天而降;而我,在湿漉漉的孤独中央,只听到一声鹅叫。

[1898 年 1 月]

夜航船 ①

我忘记了那一次旅行的理由,就像孔夫子带着满肚子的学说前来见吴王那样②,也忘记了那一次我作的是什么内容的谈判。整日里,我坐在我清漆锃亮的舱室的深处,在平静的水面上,我急促的身心无法超越那航船天鹅浮水般的行进。只是偶尔,到了晚上,我会乖乖地前来眺望江岸上的风貌。

我们的这个冬季一点儿都不寒冷。哲学家眼中珍贵的季节,这些光秃秃的树木,枯黄的草,相当程度地标志出了节气的转换,却没有一种凛冽的严寒以及肃杀的冷风来作为虽然多余却确定无疑的证明。在这第十二个月,整个一片乡野就是墓地与果园的混合,

---

① 这一篇《夜航船》(*La Navigation nocturne*)应该跟上一篇《水之忧》写于同一时期。文中的"第十二个月"当指1897年的12月。克洛岱尔后来在其《即兴回忆录》中这样说到在中国内河中航行的"船屋":"在上海周围地区有一系列运河,人们常在运河上旅行,乘坐那些经专门改装的小船,在船上逗留三四天,在这种浮动的船屋中,沿途足可见识不少新鲜景象。"
② "吴王",原文为"prince de Ou",疑应为"鲁君"。

一眼望去，只见到处都是一座座坟茔，生产与丧哀弥漫了大地，无边地伸展开来。一片片青青的竹林，坟头上苍劲的松树，还有阴森森的芦苇丛，恰到好处地挡住了人的目光，给它以满足的慰藉，而新年蜡烛花①的黄花，还有草乌桕树的浆果，为那严肃的画面提供了一种到位的装饰。我平平静静地乘船航行，穿越了温和的地带。

现在，天黑了。我在平底船的前部，无谓地等待着我们木头锚的诱饵能在悠然自得的浩荡之水中钓得这一唯有午夜时分方能为我们保留的一弯残月的形象。周围黑黢黢的一片；但是，船橹的摇动下，船头轻轻地左右摆动，根本不用操心我们的航道会有什么差错。运河拥有无数的分岔支叉。就让我们安安心心地继续航行吧，眼睛只管盯住那颗孤独的星星。

[1897 年 12 月]

---

① 原文为 "Chandelier-de-l'An-Neuf"，大概是翅荚决明（学名：*Cassia alata*），花色明黄，花期 11 月到 1 月，故而又名 "新年蜡烛花"。另有一说，为 "炮仗花"，福建一带常见，在冬季到初春期间开黄色的花，花丛似烛台，似成串的炮仗。

运河边的小憩[1]

一个老翁与一个老妪,被吃饱肚子的愿望所驱使,远离了他们遥远的村庄,撑着用房屋门板做成的筏子,由熟悉的鸭子引导,航行在运河上,而,一过了那个河湾,他们从一段看来像是有人淘过米的河水,认出他们正进入一个富饶的鱼米之乡,这里,他们一路经由那条又宽又直的运河,河边立着又高又陡的城墙,如同界碑,把城市连同城里的居民围在了那一边,就在这里,有一座桥,高大的桥拱,一到晚上,便把城门上带雉堞的楼墙框定在其中,形成一片深沉的夜景,我们就在坟墓边的草地上放下一块方方正正的石头,把船儿拴定在岸上,仿佛为那昏黑的坟墓带来了一块墓志铭。

而我们的查访从白天起就开始了,我们钻进了中

---

[1] 这篇《运河边的小憩》(*Halte sur le canal*)写的应该是苏州。1898年的3月和4月,克洛岱尔任职上海领事馆期间,曾多次去苏州小住。

国街道那无穷无尽的走廊中,那是又潮湿又昏暗的豁口,散发出一种动物内脏的气味,居民们麇集在房前忙忙碌碌,就像蜜蜂带着蜂蜡与蜂蜜。

久久地,我们沿循着一个喧闹不已的集市场中狭窄的小径走。我又见到了那个小姑娘在缫理着一束绿色的丝,那个剃头师傅在用一根龙虾触须一般细的细长夹子为顾客掏耳朵,那头小毛驴在一个油坊的中央转着圈子拉磨,那家昏暗的药房一片静谧,店堂深处,一道月洞门的金黄色圆弧中,两支红蜡烛的烛光在药剂师的名字前摇曳。我们穿越了众多的院落,一百座桥;紧贴着乌贼墨颜色的高墙,一路走过一条条狭窄的小巷,终于来到了富人家的街区。那些紧闭的朱漆大门将为我们打开,露出花岗岩石板铺地的门厅,大客厅中摆放有又宽又大的坐榻,大花盆中栽有一株开了鲜花的小桃树,走廊上烟雾弥漫,屋梁下挂有火腿和腊肉条。就在那堵墙后面,小小的院子里,我们发现隐藏有一株硕大无朋的紫藤萝;它的上百条藤蔓伸张开去,彼此交缠,互相扭结,纷乱错杂,交织成某种扭曲走形的缆绳,它那枝条的长龙张牙舞爪地伸向四面八方,仿佛腾跃在藤架上,仿佛用厚厚一层淡紫色的花串,遮天蔽日,密密匝匝地覆盖了它的地沟。我们穿越那荒芜的长长郊道,只见一些赤裸着身子的人在废墟中纺着丝线:我们来到了位于城南的那片埋芜地段。

据说,那里,当年曾是王宫所在。确实,一连串的宫门,皆为三重边门,四重侧壁,以其花岗岩的门柱门框,横挡在我们要进入的宽阔的石板路上。但是我们所在的围墙之内却一无所有,只是一片杂草丛生的空地;十字路口的交叉点上,坐落有一座牌坊,四条道路通向东南西北四个方向,牌坊中立有巨大的大理石石碑,驮在一只掉了脑袋的石龟的背上,像是为整个王国指定的一幅地图,石碑上刻有铭文,但是经过岁月的洗刷,石碑早已裂开了一条条纹,碑上的字迹也模糊不清了。

中国到处都显现出它所崇尚的立法之本的"空"的形象。《道德经》中说,"让我们崇尚空,空授予轮毂以用途,授予琴瑟以和谐"[1]。在同一个城墙中看到的这些闲置地和休耕地,就跟最为密集的人群,跟精耕细作的沃田并列共存于一起,这些贫瘠的山岭,还有一望无际的坟地,在人们的心中并不灌输进一种荒

---

[1] 这里的话依据的是《道德经》第十一章:"三十辐共一毂,当其无,有车之用。埏埴以为器,当其无,有器之用。凿户牖以为室,当其无,有室之用。故有之以为利,无之以为用。"可参见克洛岱尔自己写于同一年的诗《道德经》,译文见后文的《散诗重拾》。

芜的概念。因为，在这个协调一致的民族的那种深厚与广大之中，行政、司法、宗教崇拜与专制制度，都不会以种种不太奇特的对比来显露出一种不太巨大的缺陷，还有虚空的假象，连同它们的废墟。中国不像欧洲那样，她并没有转化为一个个彼此分隔的小小单位；没有任何边界，没有任何特殊的机构，能在她幅员辽阔的巨大疆域中构成强大力量，来抵制她波浪般的人潮增殖。因此，这一民族，弱得如同大海，无法预料惊涛骇浪，之所以能避免被灭绝，仅仅是因为她的可塑性，她处处显现出——如同大自然——一种古老的、暂时的、衰弱的、偶然的、有空缺的特性。现今永远蕴含着未来与往昔的因素。中国人丝毫没有对土壤作一种持续的征服，作一种决定性的合理整治；众人靠天吃饭，指望青草。

突然，一记凄惨的声音传到我们耳边！原来，那个守定了围城的卫士，站在那样一道像是用一个站立的字母的图案框定了乡野风景的城门前，吹响了手中长长的中国号角，人们看得到细细的铜管在号手运足的气力之下不停地微微颤抖。当他把喇叭口弯向地面时，号声就变得嘶哑而又低沉，而当他把号角扬起冲天，号声就变得尖利刺耳，没有抑扬顿挫，没有节奏之变，死气沉沉的号声，最终在一种可怖的四度音程的滚动中结束：哆——发！哆——发！一只孔雀的猛然鸣叫为昏昏沉沉的林园所增添的荒凉感也不会比这更少。这是牧人的号角，而不是下达命令鼓舞士气的军号；这绝非率军挺进的嘹亮铜号，而是牲畜叫唤声的高扬，游牧民或牛羊群听到这一声音，会拖拖拉拉地聚拢到一起。但是只有我们在那里；而蒙古人在这些道路的辉煌交叉点上吹响号角，根本就不是为了任何活着的生灵。

当我们返回到船上，几乎已经是暮晚时分，夕阳西下，天际的整片云彩似乎染上了青蓝的色彩，在昏暗的大地上，大片的油菜田闪闪发亮，犹如点点光斑在闪耀。

[1898 年 4 月]

松 ①

大自然中，唯有树跟人一样，出于一种独特的理由，是垂直挺立的。

但是，一个人要靠自身的平衡功能维持着站立状态，他的两条胳膊贴着身子乖乖地下垂，在他的整个躯干之外。树则靠着一种努力不断地向上长，而同时，它又靠着根系的集体伸扎而紧紧依附于大地，繁

---

① 这一篇《松》(*Le Pin*) 和后面几篇《林中金拱门》《漫步者》，写的是克洛岱尔 1898 年 5 月底到 6 月在日本的游历感受。诗人在自己的笔记中曾写有关于《松》的如下想法：
《松》
想法一：聚集而为树林。
没有严格意义上的梢尖。
想法二：柔韧的树干——鲜亮的肌体，五边形的鳞状树皮，渗出松脂。
想法三：平衡。——相比于人体的三重弯曲。（此处附有一张草图）
想法四：各种海拔高度上的巨大繁多。松树的抵抗性。
想法五：唯一的顶端或者——分权？相比于由分岔的两个尖头所构成的针。
想法六：树冠。树冠的叶丛系列。（草图）
毛皮般的或羽毛般的外表。唯一的色彩或者由深到浅的色调变化。（草图）
想法七：深入土层的根系，或为爪子状。松树意味着人类在斗争中的一种抵抗力量。

多而又分杈的枝条，越长越细，直到质地柔弱而又敏感的叶片，通过叶子，它将在空气和光明中寻求支撑点，树枝不仅构成了它的动作姿态，而且还决定了它的基本行为与身材的大致条件①。

针叶类的树木体现出一种特有的性格。我在它们的枝叶中发觉的，并不是树干的一种分杈，而且它们在一根茎干上的连贯性，而这茎干始终是唯一的一根，它明白无疑，但它越来越细，越来越弱。松柏就是这样成为了一种典型，柯枝匀称，其基本图解便是一根直条，垂直地切为呈梯级的截面。

这类树木，在世界的不同地区，拥有众多变种。其中最有意思的，当数我在日本研究过的那一种松树。

这种树的树干与其说是木质本身很坚硬，还不如说显现出一种肉感的弹性。在它紧紧包住的肥实的圆柱形纤维的张力作用下，松树的外皮爆裂开来，于是，粗糙的树皮被一道道深深的裂缝分隔为一片片五边形的鳞皮，层层剥落为厚厚的枯皮干肤，大量的松脂从中渗出。如果说，它的茎干以一种软若无骨的柔

---

① 克洛岱尔在同一诗集《认识东方》的《榕树》和《椰子树》两篇中有过相关的描写。另外，在剧本《金头》中，他也写到过类似的形象。

韧性，在外来的强力之下有所让步，仿佛被暴力所折服，或者在周围的刺激下有所反应，它却以一种固有的能量做着抵抗，而深深镌刻在那些轴干中的重纹曲线，便是这种树木悲怆动人的搏斗的见证。

如此，沿着充满悲剧气氛的古老的东海道①，我看到松树苦苦地支撑，抵挡着强风。海风把它们刮得躺卧下来，但还是没有用：不可战胜的树把它的根系紧紧地抓住多石的土壤，躯干弯曲，回归自身，就像一个人，弯着颈，驼着背，弓着腰，屈着膝，整个躯体上下形成了四道弯，它迎头抗击，向四面八方伸展开肢体，又收拢来，仿佛紧紧纠缠着揪住了对手，而在那妖魔之风多形态的死缠烂打之下，它从容应付，一会儿屈身上伸，一会儿又昂首挺胸。那个昏黑的傍晚，沿着这一片气象万千的海滩，我重又检阅了一遍那一长列英勇的树，仔细察看了整个战役的所有细枝末节。有一棵仰面朝天地拼命挣扎，仿佛用它那百臂巨人②似的拳掌挥舞起魔怪般的全副甲胄，尖尖的戟，圆圆的盾，直向苍天伸去；另外一棵，浑身疤癞，遍

---

① 东海道（Tokkaido），指的是日本"东部的滨海之路"，它从东京一直延伸到大阪。克洛岱尔曾在一篇文章中写道："著名的东海道［……］两排松树。"（见《克洛岱尔散文集》伽里玛出版社"七星丛书"版第85页。）
② 百臂巨人（hécatonchire），源出希腊神话。这些巨人每个都有五十个头，一百只手臂，他们有着令人难以置信的凶猛力量。

体鳞伤，像是被房梁狠狠撞击过，朝四面耸立起一枚枚刺和一根根茬，使劲摇晃着几簇弱小的枝条，依然作着抗争；还有一棵，仿佛挺起了脊背，顶住风的推力，并用它僵硬的大腿，竭力靠住强劲的墙垛，稳坐在那里；终于，我看到了树木中的巨人和君王，它们身形伟岸，硬拱起肌肉发达的腰杆，伸展出力大无比的臂膀，把汹涌喧闹的来犯之敌挡在身旁左右。

留给我还要说的，就是树叶了。

如果我们好好地审视一下那些喜欢长在疏松的土地上，长在肥沃丰饶的土壤中的植物种类，并把它们跟松树好好比较一番，那我就会发现它们身上的四个特点：首先，叶片相比于茎枝比较肥大，其次，叶片常落，第三，叶片扁平，有明显的一个正面和一个反面，最后，其叶簇是从枝条上沿着一条垂直线的共同点上长开来的，从而形成一个唯一的叶丛。而松树则生长在碎石杂多的干燥的土壤中；因此，对其生长所必需的营养元素的吸收会不那么直接，必须要有一种更强有力、更完整的消化，一种更大的功能性活动，我甚至可以说，那是一种更个性化的活动。它不得不有节制地吸收水分，根本不可能像其他植物那样叶萼长得很粗。我看到，它的叶萼切分开叶簇，朝四面八方分岔开多个权杈；它不像叶片那样能承接雨水，它就是一簇簇小小的细管,探入周围的潮湿空气中,吸收湿气。因此,无论在什么季节,松树总是呈现出一种长年常绿的树叶,对一些更持续又更微妙的影响十分敏感。

我突然就能解释它那气生性的、悬空状的、残片化的特点了。因为,松树用它成片的林木,为一个和谐地区的种种线条提供了其随心所欲的框架,而为了更好地烘托大自然魅力无比的光彩,它还给万物染上了它那奇特叶丛的色彩:给阳光之下蓝色大洋的荣耀与强力,给田里的庄稼,并通过中断一个个星座或曙光的图案,给那高高的天空。一层层平台般的松林渐渐向下倾斜,落到一丛丛如火如荼的杜鹃花之下,一直到一片片呈龙胆蓝颜色的湖面上,或者,一直延伸到皇家之城的陡峭城墙之上,与绿草中银白的运河相映成辉:今晚上,我看到了富士山像一个巨人,像一个处女端坐于无限光明的宝座上,一棵松树的昏黑树冠,与斑鸠灰色彩的山岭并列呈现。

[1898 年 6 月]

林中金拱门①

当我离开江户②之际,金色的太阳还燃烧在清新的空气中;向晚时分,我来到宇都宫③的交界处,看到晚霞遮掩了整整的一轮夕阳。大块大块色泽杂乱的积云堆在天边,构成了傍晚常见的这厚重又混乱的一整片,而地平线上一抹亮光突然闪现,像是舞台上一排被蒙住了光的脚灯,把阴影投射在含糊不清的田地上,似乎反方向地凸显出了地势的起伏不平。在这一昏昏欲睡的时分,我待在火车站台上,并长时间地留在要把我带往西行的列车上,我成了黄昏景色的观众,看到太阳越来越小,越来越薄,而云霞则越来越厚,越来越暗。我一眼瞥去,一览无余看透了整个地

---

① 关于本诗《林中金拱门》(*L'Arche d'or dans la forêt*)的写作与发表情况,请参看上一篇《松》的题目说明。从文本来看,应该是位于静冈久能山东照宫的德川家康陵墓启迪了克洛岱尔的灵感。该陵墓本身位于一片松树林的中间。
② 江户(Yeddo)是东京的旧称。
③ 宇都宫(Utsonomiya),日本关东的一个城市,在栃木县中部。

区的样貌。在稠密昏黑的森林深处，在层峦叠彩的厚重山上；前面是一条接一条的护坡道，像是一道道零散而又平行的屏障挡住了道路本身。土地，恰如我们沿路走去的一条条堑壕为我们显示的土壤剖面那样，首先是薄薄的一层腐殖质，煤炭一般乌黑，随后，是黄色的沙土，最后才是黏土，透出硫黄或辰砂的红颜色来。地狱之门①在我们面前豁然洞开，一展其面目。这烧焦的土地，这低矮的天空，这满是火山口与松树林的苦涩禁地，跟那黑乎乎的地下深层，不就相映而更显其怪吗？梦幻的景象无一不能出自其中啊！由此，古代的德川家康将军②带着一种君王般的睿智，选择了此地，依据一座庙宇与陵墓的结合，让浓荫叠放于魂灵之上，并通过在隐晦不明中的寂静消解，来实现死人向一个神的变形。

而那片柳杉林③，当真，还就是那个庙宇。

昨天，在那晦暗的黄昏时分，我已经多次横穿这些巨树组成的双重大道，它迤逦二十里④长的距离，

---

① 地狱之门（l'Averne），神话中指能通往地狱的洞穴入口，古代也指会冒出有毒气体来的洞穴之口。而在文学神话中，则指死人的灵魂聚集的地方。
② 德川家康（shogun Ieyasu，1543—1616），日本历史上杰出的政治家和军事家，江户幕府第一代征夷大将军。日本战国三杰（另外两位是织田信长、丰臣秀吉）之一。
③ 日本柳杉，原文为"cryptomères"。
④ 指的是法国的古里，一法里约合四公里。

一路迎接并引导一年一度前来向祖先献祭皇室供品的使节，一直送到红桥那里。但是今天早上，就在初升太阳的光辉照亮了朵朵玫瑰的时分，在摇动着花枝乱颤的金色晨风中，在高处一片片还有些朦胧的暗绿色中，我进入了庙堂中殿一般的巨大林地，只觉得林中微妙地充盈了松脂的强烈气味，还伴随有夜间留下的那股寒冽的冷风。

柳杉属于松树科，日本人把它叫作 *sengui*。那是一种很高的树木，树干笔挺笔挺，既无丝毫弯曲，也无任何瘤结，保持着一种不可摇撼的笔直。在它身上一点儿都看不到丫杈枝蔓，只见满身叶片浓密，郁郁葱葱，按照松树固有的方式，并不以繁茂纷杂与凹凸有致，而是以斑斑色彩与鲜明轮廓为其特征，如同黑色蒸汽的碎片，飘荡在神秘支柱的周围，而在同一个高度上，这些笔直茎干构成的森林则消失在了一大团错综交杂的树叶那模模糊糊、昏昏冥冥的圆拱门中。这地方，既无边无际，又与世隔绝，既浑然一体，又虚无空幻。

一座座美妙无比的屋宇散落在乔木林之间。

我就不在此描绘浓荫遮掩下的小城的整个格局了，它的地图就工工整整地画在了我的扇子上。在浩瀚的森林中央，我沿着一条条巨型的道路走去，只见迎面耸立着一座朱红色的称作鸟居①的牌坊；就在一个镶嵌有月亮的屋顶下，在青铜的水槽中，我畅饮了一大口纯净的泉水；我攀爬上楼梯；我混杂在进香者的队伍中，穿越了我不知道叫什么的又热闹又宽敞的地段，那是充满了鸟语花香的一个梦幻般的禁地中央的一道门；我赤着双脚，走进了黄金般精舍的中心；我看到了神色威严的禅师，头戴鬃毛饰物，身穿绿色绸缎的宽松长裤，正在笙笛之音的伴随下奉献上晨间的供品。桌台上表演的是神乐②，歌舞者的一张脸被白色的头饰所框定，双手虔诚地捧定了金灿灿的叶丛，结了坚果的枝条，为我表演一种单调重复的舞蹈，走过来又走过去，再转过来又返回去。

　　日本建筑有别于中国建筑。中国建筑的最基本要素是某种形式的华盖，那是牧人帐篷的支柱桩石之上竖立起来的墙面与顶盖。而在日本，屋顶或是带瓦片的，或是铺树皮的，如此的强劲，又如此的轻盈，如厚厚的毡片，只让人在其角落处看到一种微弱蜷曲的弧形：这还只是优雅而又强劲的屋顶覆盖，而此地的整个建筑都是由一个盒子的概念演变而来。自从神武

---

① 鸟居（torii），为石头或木头的牌楼门，通常矗立在神社的入口处。
② 神乐（kagura），即神明之乐，指日本神道中奉纳神时所表演的歌舞。

天皇①率领船队征服了日出之国千百岛屿的那个时代起，日本人便到处保留海洋民族的遗迹。那种把衣物一直撩到腰间的习惯，那些建造在一片很不稳当的土地上的低矮棚屋，花样繁多的灵巧小物件，以及它们精心打理的包装，家具的缺乏，所有这一切揭示的不正是水手在动荡不定的船板上那促狭的生活吗？而眼下这些木头房屋，它们，只不过是航海帆船上那扩大了的舱室以及轿子的坐厢而已。屋架的交叉延伸，头部精工细作、四角突出的斜向担架，这些东西，依然让人们回想到其中的便携式特征。而在庙宇中，令人联想到这些特征的，则是一根根柱子之间搭架的拱梁了。

房屋，是的；神庙本身在这里就是一所富丽堂皇的房屋。在高踞于山坡的神庙中，人们把死者的骨殖密封在一个青铜的圆柱体中。但是，在这一房屋中，死者的灵魂，端端正正地供坐于永不变的姓名之上，在一种幽暗而又庄严的与世决绝中，继续着一种光谱学的居住②。

---

① 神武天皇（Jingô Tennô），是神话中日本的第一代天皇，传说为太阳神天照大神的后裔，是他建立了最早的大和国，为日本开国之祖与天皇之起源。至于神武天皇究竟处在什么时代，现在已难考据，一种说法是，他生活在公元前7世纪。
② 原文为"une habitation spectrale."。

这里的建筑布局与众不同，通常的筑法都要使用石头与木头，并尽量发挥它们特有的功能，而不依靠任何陌生的物质元素，但在这里，筑法不是别的，而是要消灭材质。这些隔板，这些厢堂的板壁，还有地板与天花板，全都不用梁木与木板，而是采用某种驱邪咒语的晦暗图案。色彩蒙住并文饰了木头，画漆把它涂抹在一层无法进入的水层下，颜料把它遮蒙在神奇的幻景下，而雕琢则深深地冲刷侵蚀它，改变它的面貌。顶部的板材，尽可能不用钉子，而一旦到达神奇的表面，它们就覆盖上了描龙画凤的图案以及格状饰纹。但是，就像在一些屏风上那样，人们能看到繁花盛开的树枝，还有云雾缭绕中的崇山峻岭，这些宫殿，整个地从一片金色中浮现而出。阳光洒落在屋顶上，外墙上，仅仅让屋脊闪现出凌乱的光辉，而在筑物的两侧，它只是通过阴影对照才照亮了宽阔的板壁；在室内，盒子的六面内壁同样画满了灿烂辉煌的玄奥珍宝，一面面永恒不变的镜子中显露出隐秘的火炬。

由此，卓越的家康将军根本就不住在一个木屋中；他的居所就在森林正中央，暮晚的荣耀走向了衰落，而在横向伸展的树枝底下，云蒸霞蔚，好一处归宿。

从这地方巨大的山坳口望去，如同在一位神仙的睡梦中，只见一派茫茫林海，从繁茂密集的枝杈中，随处喷溅出一挂挂瀑布，轰轰隆隆，飞流直下，令人眼花缭乱。

[1898年6月]

漫步者 ①

六月,我手持一根歪歪扭扭的棍子,恰如毗沙门天王②,成为一帮子脸色红润的淳朴村妇眼中一名说不清道不明的莫名过客。到晚上,六点钟,正当空中滚滚翻腾的乌云在巍峨的山峦上继续攀爬时,破败不堪的路上,唯有我这个旅人踯躅而行。我哪里都不去,我的步履毫无目的,毫无企图;士兵的行军,商贩的跋涉,不孕妇人的虔敬朝拜,心怀一丝谦卑的求子希望,环绕圣峰圈行七匝,这一切,与我的行程全无半点关系。常人脚步留下的轨迹只是远远地诱惑着我的步伐,但也足以让我迷途,很快地,我便厌倦了忠诚知心地转悠在树林中心,在苔藓地上,一滴没人听见的泪水落下,滴到一片发黑的山茶花叶子上,我猛地

---

① 关于本诗《漫步者》(*Le Promeneur*)的写作情况,参看上两篇《松》《林中金拱门》的题目说明。
② 毗沙门天王(Bishamon),又名北方多闻天王,本为佛教护法之神,四天王之一。一说,他是日本民间神话传说中的"七福神"之一。

一惊,狍子般笨拙地躲闪,退到一旁孤寂荒僻的林地中,抬起一条腿,金鸡独立,仔细窥伺着水滴的回声。那小小鸟儿的鸣啭在我听来是那么清脆悦耳,那么有趣好笑!那边上乌鸦的叫声也让我欣喜!每一棵树都有它独特的个性,每一个小兽都扮演着它各异的角色,每个声部在交响乐曲中都有其自身的位置;就像人们说自己懂得音乐那样,我懂得自然,恰如一段详实的叙事会只由专有名词构成;随着步子推进,白日消逝,我也前行在学说的展开中。以往,我欣喜地看到,万物存在于某种和谐之中,而现在,这一秘密的亲缘关系,这边这棵松树的苍黛何以能跟那边那些枫树的亮绿相配相宜,只有我的目光才能证实它①,而我的参观,鉴于它复现了之前的意图,我把它命名为一种复习②。我是自然造物的观察者,是当今之物的检验者;这世界的坚固便是我幸福的本质!在一个个平庸的时刻,我们使用种种物件只为尽享其用途,却忘了它们本身的纯真;但是,经过一番长期的工作,正中午时分,当我穿越纷乱的枝杈与荆棘,历史性地钻

---

① 同一说法,可参见克洛岱尔写于同一时期的《诗艺》中《认识时间》(1903 年写于福州鼓岭)和《教堂的发展》(1900 年写于法国)这两篇关于游历中禅寺的感受与遐想。
② 这里指的是诗人本人 1898 年 6 月 4 日在日光市的中禅寺的游历。

入到林中空地的中央，用手扶定沉重岩石的滚烫屁股时，我觉得我的这一巨大发现堪比亚历山大①进入耶路撒冷。

而我一路行进，行进，行进！每个人心中都紧揣着一种行旅的本意，凭着它，人要走向外界，干他的活，吃他的饭。至于我，我腿脚的均衡运动被用来测定那更微妙的召唤的力量。世间万物的魅力，我在心灵的寂静中感觉到了。

我理解世界的和谐：我何时才能洞见其中的旋律？

[1898年6月]

---

① 指亚历山大大帝（公元前356—前323），征服欧亚大陆的著名帝王，先后统一希腊全境，横扫中东地区，占领埃及，荡平波斯帝国，大军直抵印度。

这里和那里 [1]

在这条叫日本桥的商街 [2] 上,就在卖书画、灯笼、绣品和铜器的店铺旁,我见有人在卖小巧玲珑的山水盆景,于是,脑子里便盘算开来,琢磨着如何在这些魔幻般的百宝搁架之间,在这些残片碎屑的大千世界之中东游西逛,仔细察看,专心钻研。好一套高超精湛的技艺,一片风景的轮廓,恰如一副面容的线条,就这样生龙活现地显了形,妙不可言的方寸之间,艺匠成了大师;他并不复制自然,而是效仿自然 [3],他动用他从自然中借得的种种元素本身,建造出它的仿品,就如一把尺子精确衡量过那样,虽大大缩小了尺寸,却活脱脱就是原样原貌。举例来说,所有那些松树的模型都摆在我眼前,任我选择,依据它们在盆中的微妙位置,比例恰当地表达出这小小棵株所展现的

---

[1] 这一篇《这里和那里》(Çà et là) 的手稿,跟下文《深居简出者》《悬空屋》《致意》,以及《从大海望陆地》的一部分是写在一起的。
[2] 日本桥 (Nihonbashi),是东京最繁华的一条商业街道。
[3] "复制"的原文为"copier";"效仿"的原文为"imiter"。

实际体型。这里是春天的水稻田；远处则是长满了一排排树林的小山岭（实际上那都是苔藓）。这里是大海，点缀有一个个群岛与一片片海岬；而凭借两块石头，一黑一红，玲珑剔透，这么一看，就算再现了两个对称相连的小岛，只有西下的夕阳，通过光线色调的变幻，才揭示出种种不同的距离；在两个长颈大肚瓶中液体的映衬下，甚至连色彩斑斓的涂层上闪烁跳跃的亮光，都与那一层杂色斑驳的卵石相映成辉。

——然而，我还是要坚持我自己的想法[1]。

欧洲的艺匠依照他对自然所生的情感来复制自然，而日本艺匠则依照他从自然中借得的方法来效仿自然[2]；一个表达自己，另一个则表达对象；一个是作品，另一个是哑剧；一个在画，另一个在构建；一个是学生，另一个，从某种意义上说，是大师；一个把他用诚恳微妙的眼光观察到的景象细至秋毫地复制出来；另一个则眨眼之间就清楚了个中三昧，并在他自由任性的幻想中，以一种雕琢般的简洁将它实施。

在这里，艺匠最初的启迪者是他手中正要加工的

---

[1] 后来，克洛岱尔在他涉及日本文化的集子《日出之国的黑鸟》（1929）的多篇文字中阐述了这些想法，尤其是在《诗人与三昧线》和《儒勒或系两条领带的男人》这两篇对话中。
[2] 关于"复制"与"效仿"的概念，见上文注解。

素材。他耐心查考其内在固有的种种性能，其色彩，竭力把握这原始材料的灵魂，以求表现其精妙。对它让他讲述的这整个故事，他只表达其中基本的代表性线条，于是乎，他有意缄口不谈整个的无比复杂性，闭嘴不谈什么言外之意，而只在微微凹凸有致的纸上，东一点，西一点，留下些许转瞬即逝的提示，落下点滴遒劲而又迷人的笔触。这是自信满满的游戏，这是不可或缺的任性，整个地因于论据中的想法已经显而易见地透露给了我们。

首先还是来谈一谈色彩：我们发现，日本的艺匠把他的调色板简化为极少量确定而又常用的色调。他明白，一种颜色的美并不那么寄于其固有的品质中，而更多地在于它以几种类似色调相配而产生的暗含不明的和谐中，而，由于数量同等而更显增加的两种浓淡色度之间的关系一点儿都没有变，它就弥补了整个中间色的缺乏，以及因在不同基本色的结合部所给出的鲜艳对比而构成的明显差别；就这样，他简单明了地标明了一处或两处衔接。他明白，一种色调的价值，更多地不在于其浓烈与丰富，而在于其位置，而他若是掌握了此中的关键，便可随心所欲地转换腾挪，举一反三。由于色调本不是什么别的，只是任何可视之物对万能的光所作的特殊证明，通过色彩，依照艺匠所拟定的主题，任何事物都能在画框中找到自己的位置。

但是，原本眨巴不停的眼睛现在凝定了，它不再观望，它在提问。色彩是物质的一种激情，它凸显出每一物件对天主之荣耀的共同源泉的参与；素描表达出每一生命存在本身的能量，它的行动，它的节奏，还有它的舞蹈。一个表现它在空间延伸中的位子，另一个则固定它在时间持续中的运动。一个赋予形式，另一个则赋予意义。由于日本人并不太在意透视法，只通过轮廓与色块来作画，所以他素描的要素就是一种简要的笔画。而当色调并行而置时，线条也就互相配合；而恰如油画是一种和谐那样，素描就是一种定义。而如果说，人们对无论什么事物的领会，都只是一种对它当即的、整体的、同时的统觉，那么素描，恰如一个由字母构成的单词，则会给出一种抽象却又有效的含义，彻底纯粹的概念。每种形式，每个运动，每一整体，全都提供着它的象形文字。

这就是当我在那一沓沓日本水彩画面前时我心中所理解的东西，而在静冈①，在寺庙里那一册册还愿画

---

① 静冈县（Shidzuoka）位于日本本州中部太平洋沿岸，富士山就坐落在该县东北部。

中间,我看到很多这一类的可爱画册。一个黑脸的武士从被虫子蛀蚀的木板中跳将出来,活像一股泉水疯狂地喷射而出。而勃然挺胸直立或飞起后腿尥蹶子的,不再是一匹马的形象,而是思想中一跃而起的数字;不再是一匹马的形象;是某个反向扭转的数字6,一丛鬃毛飞扬,一根尾巴翘起,再现它在草地上的歇息。种种拥抱,种种战役,种种风景,众多人等,密集地挤在一个小小的空间中,像是一个个酒桶。那个人哈哈大笑起来,倒下去,人们不知道他是否还是一个人,或许,那已经是一个文字,他自身的特征之字。

——一个法国人或英国人,可怕,生硬,无论在何处,对大地全无怜悯之心,把它毁得面目全非①,即便缺少了贪婪的双手,缺少了有远见的目光,他也只关心野蛮地大规模建造棚屋。他像开发瀑布一样地发挥他的观点。而一个东方人,他,善于逃避辽阔无际的风景,只要这风景的纷繁样貌和离散线条跟眼睛与景象之间的精美契约并不相宜,因为只有这一景色才能决定起居的必要。他的居所不会开向所有的来

---

① 关于东西方人面对大自然时的不同态度,尤其是中国人关于"风水"的说法,克洛岱尔在后来写的《中国人的迷信》一文中有所研究。

风；在某个安静谷地的偏僻角落，他的思绪所向，全在于营造一个完美的隐居所，而他的目光绝不会忽视所视画面的和谐，而不让它有离散分化的可能性。他的眼睛会为他提供安逸生活所需的全部因素，他会用打开的窗户来代替家具陈设。在室内，画家的艺术，通过精细地描摹他那落在虚构的透明画框上的视象，从而成倍地扩大了一片想象中的开放视野。在我参观过的这个古老皇宫中，全部的豪华设施，以及各种轻巧的珍宝都被拿走之后，只剩下装饰性的绘画，往日里威严的居住者所熟悉的视象固定在了那里，如同留在了一个照相的暗箱中。纸质的套房由一系列小隔间所构成，彼此被能在轨道中滑动的隔板一一分隔开。每一系列的房间，都选定了一个独特而又统一的装饰主题，我经由一扇扇如同剧院舞台上布景架子的屏风而进入其中，可以随心所欲地伸展或收缩我的观察视野；与其说我是绘画的观众，更不如说我是它的主人。每一幅绘画的主题都通过对一种极单调的颜色的精心选择来体现，它往往标志着同一色阶中的另一端，而且跟墙纸本身的色调也十分协调。正是如此，在御所①中，靛蓝与乳白相间的图案便足以

---

① 御所（Gosho），位于京都，是皇家宫殿。

让所谓"清新与纯净"的套间①仿佛充满了蓝天与白水。但是在二条②,皇家居所却只剩下单单的一种黄金色。这里的屋顶板隐藏在一条条描画成席状纹的织带之下,而一棵棵松树,纷纷从顶板之上伸出它们奇形怪状的顶梢,仿佛被齐齐地截断一般,将梢尖的阴影落在阳光明媚的宫墙上。君王端坐于宝座上,环视前方与左右,只见那一排排黄褐色的巨大火光之带,他的情感翩翩飘荡在暮霭之上,只觉得身下是一盆辉煌的火炭。

——在静冈市的临济寺③,我看到一个由五颜六色的尘土构成的景观;人们担心一阵风会把它吹走,就把它压在玻璃底下。

——时间得到了测定④,在那高处,在叶丛中的金菩萨面前,是由一根小小蜡烛的燃耗,而在这沟壑的深处,则是由一股三岔泉眼的溢流。

---

① 当指京都御所中的"清凉殿",在平安朝时,它是日本天皇的日常起居处。
② 二条(Nijo),又称二条城或二条御所,也在京都,是幕府将军在京都的行辕。
③ 临济寺(Rinzainji),日本著名的寺庙,在静冈市,由德川家康主持修复。
④ 本篇从这一段起的文字,曾经以《菩萨》为题目,发表在 1899 年 6 月的《法兰西水星》上。

——终有一死的凡世之人,被不可思议的大海那喧嚣翻腾的浪涛所裹挟,所席卷,迷失在深渊那汩汩的水声中,竭力寻找随便什么坚固物,企图依附其上。因此,人类的形象便也增添到永存的木头、金属、岩石之列,成了俗人崇拜与祈祷的对象。凭借大自然的力量,他在普通名词之外,又强加了一个专有名词,而靠着能像一个字词那样赋予它们以意义的具体形象,他从话语的高等权威中隐隐约约地获得的启示中,赢得了虽然有些屈尊却必不可少的简化。这就相当好了,而且,就像一个孩子,把身边的一切都用来构成他玩具娃娃的故事,人类在与其梦幻密切相连的记忆中也寻找到足以滋养其神话传奇的东西。瞧我身边这个可怜的小老太太,虔诚地拍着双手,在一尊女相菩萨的巨型雕像前顶礼膜拜,女佛怀中抱着一个古老的王子,王子梦见他前世的脑颅被一棵柳树的树根像牙床那样紧紧咬定,因牙痛和梦境而得到启示,便尊敬地让人把这个旧脑壳纳入佛像中[1]。在我的左

---

[1] 这里说到的,应是日本京都俗称"三十三间堂"的莲华王院。寺院始建于12世纪,据说,当时的后白河上皇长期受头痛之苦,药石不灵,甚为所扰,便向今熊野寺观音祈祷。观音显灵告知原委:上皇前世是僧人,名"莲华坊",死后尸骸落入河中,其头颅骨被日渐长大的柳树根部贯穿。上皇派人搜寻,果然在一柳树下挖出头颅。后,平清盛命人以此柳树为梁,建造了寺院(最初为上皇离宫),又把挖出的头颅遗骨纳入新刻观音像中安奉,依头颅主人名而命名寺院为"莲华王院"。

右近旁,沿着整个晦暗的棚屋道,矗立着三千金观音像①,全都千篇一律地彼此相像,伸出众多手臂,依阶梯排列成行,前后纵深十五排,每排左右一百尊;一线阳光射入,让这神像的溢流乱蹿乱动。而,假如我想知道这众多神像为什么是如此的千篇一律,或者,所有这些一模一样的茎枝又是从什么样的鳞茎中长出来的,那么,我会发现,在这里,前来拜佛的善男信女大概是想为自己所拜的偶像寻找更多的外表,并且想象,有了具体的对象,其祈求就能成倍地灵验。

但是,智者久久地一刻不停地将目光凝定在这些天然偶像的眼神中,他们深深地感受到世间万物的和谐一致,同时也在其中觅见了他们哲学的根基。因为,如果说,每一事物从个体来看都是暂时和过渡性的,那么,它们共同的丰富源泉却取之不尽,用之不竭。根本就无须用斧头去砍伐树木,用凿子来雕琢岩石:在谷粒和蛋卵中,在土地与大海同样的痉挛战栗与纹丝不动中,它们找到了同一种可塑性能量的原则,而大地就足以制造其自身的偶像。而,既然整体是由好一些同质的部分所构成,那么,如果想更好地继续下去,如果他们把分析转而运用到自己身上,那

---

① 据称,莲华王院(三十三间堂)中一共供奉了一千零一尊千手观音像。

他们就会发现，他们心中那个无法证实、无法说明白的转瞬即逝的东西，实际上就是他们现时现地的存在这一事实，是超脱了空间与持续时间的因素，是他们对这一偶然特点所握有的概念本身。

而假如恶毒的欺诈在这一时刻没有迷惑过他们，那他们就会承认，在一种原本普遍定义上的独立的生存原则与其不确定的表达之间的关系中，有着一种类似于话语实践的实践，它要求供认，一种明明白白的气息恢复。既然，从神圣一统落在不确定物质之上的感受中诞生的每一造物，都是它向造物主所作的供认本身，都是虚无的表现，而主正是从虚无之中把造物拉出来的①。这便是当今世界充满活力的呼吸节奏，而拥有此一意识与话语的人则成了教士，将之作为供奉与献祭，并以其自身的忠孝之心，以一种充满了情爱的偏好，把他特有的虚无与基本的神宠结合到一起②。

但这些被蒙蔽的眼睛却拒绝承认无条件的存在，

---

① 这一说法，可参见克洛岱尔的剧本《城市》（第二稿）中科弗尔的台词："当我还曾是一个普通诗人时，/我就创造出这既无韵脚又无音步的诗行，/我在心中悄悄地为它下了定义，这是一种双重的、互惠的功能，/靠着它，一个人得以汲取活力，并在崇高的呼气中构建出／一种可读的话语。/同样，社会生活也只是一种带有经文或圣歌情节的双重自由诗体，/靠着它，人性汲取着它的原则，并构建出它的形象。"（第三幕结尾处）
② 可参见克洛岱尔的剧本《城市》（第二稿）的整个结尾。该剧本写于《认识东方》的同时代。

而对被人们称为菩萨的那一位，他一直就让亵渎神明的言语更为完美。为了重拾话语的这同一种比较，既然他连言语的对象都不知，秩序与接续便一同离他而去，从中他能找到的，就只有谵妄般的饶舌了。但是人身上携带着针对并非绝对之主的憎恶，而为了打破虚空的可怕怪圈，菩萨啊，你毫不犹豫地拥抱了空无。因为，既然他不是通过外在的终结来解释任何事物，而是在其本身之中寻找内在本质，那么，他找到的只能是空无，而他的学说教导的是可怕的共融①。其方法就是，让智者，通过使形式的概念、纯粹空间的概念，还有概念之概念本身，都从他的精神中相继消失，从而最终到达虚无，而随后，进入涅槃②。而人们对这个词大为惊讶。对于我，我在其中找到了加在虚无这一概念之上的享乐的概念。而正是在这里，有着最后的撒旦式的神秘，有着遮掩于其彻底拒绝中的造物的沉寂，有着植根于其基本差异中的灵魂那乱伦般的安宁③。

[1898年6月]

---

① "可怕的共融"的原文为"communion monstrueuse"。
② "涅槃"的原文为"Nirvana"。
③ 这里的想法甚至词语，早在剧本《第七日的休息》中就已经有了："撒旦，认识了神，/恰如原因对结果，就让自己服从于他本人。/而这就是最高的乱伦和安宁的奥秘。"

深居简出者[1]

我住在四四方方的宽敞楼房中，就在最高一层楼的角落里。我把我的床镶嵌在大大敞开的窗前，暮晚来临时，恰如一个神的妻子心照不宣地爬上床榻，我放平赤裸裸的身子，躺下，面对黑夜。好一阵子，我抬起如死人一般沉重的眼皮，把目光混杂到某一种玫瑰样的粉红色彩中。但就在这一时刻，我仿佛从世上第一个男人一般的那种沉睡中重新跳出梦境，发出一记呻吟，在一片金灿灿的幻象中醒来。蚊帐的轻柔罗纱在不可言喻的气息底下微微起伏波动。眼下，就连日光也被剥夺了热力，甚至，假如我把胳膊露在被子外的话，还会以一种颇为惬意的凉快让我慢慢地弯曲起身子，我可以在始终如一的荣光中，自由自在地把

---

[1] 本篇《深居简出者》(Le Sédentaire)的手稿情况同《这里和那里》，最早发表于 1899 年 6 月的《法兰西水星》上。从手稿的情况来看，可能写于诗人 1898 年 9 月份回到福州之后，也有可能写于准备回福州之前在上海的逗留时期。

肩膀也都露出来，用手在永恒喷溅的凉意中挖掘，就像探入潺潺流动的泉水中那样。我看到，一片美丽壮观的港湾，以一种不可抵抗的强力，从低到高，在空中渐渐展现出样貌来，恰似一洼凹陷的水塘，清莹透彻，透出桑叶的那种绿色。唯独太阳的脸，还有它令人难忍的火焰，唯有它那火舌的致命力量，才会把我从床上赶下来。我预料，整个白天我都会饿着肚子，孑然独居。有什么样足够纯净的水能为我解渴？而为让我的心灵饱餐一顿，我会用一把黄金的小刀切开哪种水果的果肉？

太阳就像一个牧羊人，引领着大海，引领着芸芸众生，众生凡人一排又一排连续不断地地站立起来，但在太阳完成了上升后，时间已到正午，而在空间中占据了一个维度的那一切，全都被比雷电还更白更亮的火焰的利刃所包裹。世界被抹却，火炉的封记被打破，万事万物皆已消亡在这新的大洪水之中。我关上了所有的窗子。我为阳光所囚，把报纸紧紧监禁在手中。一会儿，我手倚在纸上，奋笔疾书，完全就像一条春蚕，用吞噬下消化后的桑叶尽情地吐丝；一会儿，我在一个个黑黢黢的房间里来回踱步，从餐室走到客厅，或者，有一阵，我的手高悬在管风琴的盖子上，而就在这个空荡荡的房间的最中央，很奇怪地摆放了一张孤零零的书桌。正是在这些标志了我密封牢狱的条条缝隙的白色线条内部,我酝酿成熟了关于燔祭的想法;啊!如果说,融化在火焰般鲜红的拥抱之中,迷醉在热烈气息的旋涡中是如此值得羡慕,那么,一种被光明所吞噬的精神的酷刑又会是多么美妙无比!①

而当下午用它那份炙热的柔情一直持续到傍晚,就像怀着父爱一般的情感,净化了我的躯体与精神时,我便又返回顶层的卧室。而,我抓起一本永不枯竭的书,我从中继续我那对生命存在的研究,对人与物体的辨别,对品质与境况的区分②。在两排房屋之间,一条大江的形象阻断了我的视野;宽阔的银色水流奔腾浩荡,一艘艘巨大的航船扬起白帆,以一种柔软优雅的身姿,穿越了壮丽多姿的断口。我看到眼前的这一条甚至可称"生命"的大"河",以往,孩提时代,我从种种的道德话语中借来它的形象。但是,如今,我已不再滋养这一想法,让这一固执的泳者在芦苇丛中靠岸,肚子紧贴彼岸的淤泥;在棕榈树的招手摆首下,在被鹦鹉叫声打破的寂静中,瀑布在木兰

---

① 这里的说法,可与上文《酷热》一篇的结尾部分相比较。
② 所指应该是圣托马斯·阿奎那的著作《神学大全》,克洛岱尔当时正在阅读此著作。

树肥厚的叶丛后纷纷坠落,在砂砾之上噼啪作响,向我发出邀请,榄仁与石榴的沉重果实压弯了枝头,我将把目光从天使般的科学观察中拉回,不再去多观望,这是何等的花园,给了我茶点的品尝,还有歇息的乐趣。

[1898年]

从大海望陆地 ①

从地平线上过来后,我们的航船就面对着世界的码头,从水面上浮现的行星在我们面前伸展开它巨大的建筑结构。在由一颗胖大的星星装点的清晨,爬上舷梯后,眼前出现的是一片湛蓝的大地。为了保护太阳不受动荡不已的海洋的追逐,陆地建造起它那坚固堡垒中深沉的作品;墙垛的缺口就开向幸福的田野。久久地,光天化日底下,我们一路驶过另一个世界的边界。在信风②气息的鼓动下,航船急速而行,凭借其巨大的分量,在弹性十足的深渊巨浸之上跳跃。我为蓝色的海洋所震撼,像一只酒桶紧紧贴在那上面。囚禁于无限之中,束缚于天空的交叉点,我看到我底下整个阴暗的大地像一张地图徐徐展开,这巨

---

① 这一篇《从大海望陆地》(La Terre vue de la mer)很明显回顾了1898年9月克洛岱尔从上海到福州的那一次旅行。这一题目出现在克洛岱尔9月26日的《日志》中,而这一天也正是他到达福州的日子。
② 信风(alizé,又称贸易风),指在低空从副热带高压带吹向赤道低气压带的风。在赤道两边的低层大气中,北半球吹东北风,南半球吹东南风。

大而又卑微的世界。分离已无可挽回；万事万物都离我遥远，唯有幻景把我系接在其中。我将决不会同意把我的脚牢牢地固定在不可摇撼的土地上，用我的双手去建造一座石头和木头的房屋，安安静静地吃着在自家炉灶上煮熟的饭食。过不了多一会儿，我们就将掉转船头，驶向没有任何河岸阻拦的那地方，而就在一整套无比精良的篷帆之下，我们将会在神奇的永恒之中央稳稳前进，唯有我们那缓缓移位的位置灯标志着我们的行进。

[1898年9月]

致　意[①]

　　我又一次向着这片土地致意[②],它就像歌珊地和迦南地[③]。昨夜,我们的航船到了河口后,就在小麦色的明媚月光下颠簸不已,遥远的海面上,那么低的地方,"群犬"的航标为我送上的是何等低的信号[④],群星彩带底下的黄金守护者,寰球天际线上辉煌的灯火。但是,通畅的回流已把我们深深带入这一地区,我下船登岸,路上,我看到我脚下的田野中反复映照出太阳的形象,滚圆滚圆,红彤彤,映衬在碧绿的稻

[①] 从克洛岱尔的《日志》来看,他是在1898年10月16日写《致意》(*Salutation*)这首诗的。其时,诗人从暂时工作了一年的上海(1897年9月到1898年9月)又回到了福州。
[②] 在克洛岱尔笔下,这一福地显然就是福州,因为在诗人眼中,它是"彩色的天堂"。
[③] 歌珊地(Gessen)和迦南地(Chanaan)都是《圣经·旧约·创世记》中记载的福地,歌珊地是犹太人曾在埃及的寄居之地,而迦南地则是神启示以色列人要去居住的地方,是"流着奶与蜜"之地。
[④] 加了引号的"犬群"(Chiens),应该指群犬岛。可对照《认识东方》开篇的《香港》(在多年后的1927年才写的,作为《认识东方》的序诗)。

禾中。

天既不算冷，也不太热：整个的大自然有着我这躯体的热量。青草丛中蝉儿的微弱叫声让我多么感动！在这季节之末，在这有关圣约的瞬间，天地结合之际，今天与其说充满了浓浓爱意，还不如说仪式庄严，消耗了夫妻婚姻的辉煌。噢，多么严酷的命运！难道只在我的身外才有休息吗？人的心灵就丝毫都没有平静了吗？啊！一种只为享乐而生的精神不会原谅任何迟疑。有朝一日，即便是拥有也不会汲干我的眼泪；我的任何欢乐都没有足够理由让修复的苦涩消失其中。

我要向这片土地致意，并不用随口虚构的话语的一种肤浅喷发，而是让大量的心里话突然涌现，围绕住群山之麓，就像被一条三岔之江穿越而过的一大片麦穗滚浪的海洋。我填充群山的隔间，就像一片平原以及条条道路，所有的眼睛都抬向永恒的崇山，我向大地德高望重的躯体频频致敬。我再也不仅仅只看到衣裳，我还透过云气看到了腰身，那是肢体的巨大集合。哦，在我周围的杯子的边缘！我们正是从您这里承接从天而落的水，您就是献祭的器皿！这个湿漉漉的早上，过了坟墓和大树，就在道路的拐角，我看到广袤无边的阴郁海岸，浑身流淌着乳汁，傲然耸立在正午的阳光下,底部横向地淌过一条闪亮如练的大江。

恰如一个躯体,因自身的重量而在水中漂荡而下,随波逐流,我在纹丝不动的四个钟头期间,在灿烂的光芒中缓缓向前,感受到一种神圣的抗力。我站立在一片白茫茫的空气中。我以一个没有影子的躯体,狂欢地庆贺成熟。那不再是贪婪饥渴的太阳,在它的力量下,汗水淋漓的大地突然爆裂开,碎成片片,猛然间百花争艳,现在早已不再那样了。洁净的瞬间啊!一股持续的清风从东北方向朝我们吹来。丰饶的收获,低垂的树枝上硕果累累,在或强劲或微弱的气息吹拂下,永不疲倦地摆动。大地的果实在洁净的光芒中使劲摇晃。天空已不再离我们那般遥远,高不可攀;它整个地降下来,淹没我们,把我们浸透淋湿。我,一个新的海拉斯①,就像那人一样,仰头观望在透明空间中横向悬浮其上的鱼类,我看到,从我被淹没的这乳液中,这银色中,喷发出一只美丽动人的玫瑰色脖颈的白鸟,然后重又在那边消失,因为眼睛

---

① 海拉斯(Hylas),一译许拉斯,希腊神话中大力神赫拉克勒斯的伴侣,长相非常俊美。赫拉克勒斯喜爱这个男孩,像父亲教儿子一样教给他各种技艺。后赫拉克勒斯带海拉斯一起加入阿耳戈英雄的队伍去取金羊毛,途中,海拉斯到林中取水时,水仙宁芙迷恋于他的美貌,强行把他留下。

实在忍受不了这里头的天真。

而整个白天将根本不会耗竭我的致意。晦暗的傍晚时分,迎亲的队伍高举熊熊燃烧的火把,护送新郎官的花轿①,穿过橘子林,一路奔向我所看见的红色信号,就在这些淳朴的凑热闹者的头顶,烟雾腾腾的山上,随处响起一阵阵掌声和欢呼声。我致意,向那高山的隘口,向那显而易见的希望,向那不妥协者的回报;我举起双手,朝向阳刚色彩的明示!秋季的辉煌成就,我头顶的叶丛中随处散见有小小的橘子。但是我应该,再一次地,把这从童年起就高扬的面容带回到人们中来,就像那个唱歌人,张开嘴唇,心如死灰地融化在节拍中,眼睛紧紧盯住手中的乐谱,等待他的那个声部开始,走向死亡。

[1898年10月]

---

① "新郎官的花轿"(la chaise de l'époux),原文如此。

悬空屋[①]

通过一段隐匿在地层中的楼梯,我下到悬空屋里。就像是燕子在梁木和檩条之间耐心地垒筑泥窠,又像是海鸥如挂一只篮子似的把自己的窝巢牢牢粘在岩石上,我所居住的这个木头屋,通过一个由铁钩、扣钉、拉杆、系梁组成的系统,深深地扎入山岩中,牢固地建造在巉岩上,穹顶处开有一道从山体中直接挖凿出的巨大拱门。底部房间的地板上安置了一个活板门,为我提供种种的方便:就从那里,每两天一次,我会用一根绳索放下我的那个篮筐,等到有人往篮筐中盛上了一些米,还有煮熟的果仁,腌制的

[①] 《悬空屋》(*La Maison suspendue*)这首诗的灵感来自诗人在福州附近的一次漫步,那个地方很可能是永泰县方广岩的悬空寺(见上文《静观者》一篇的题注)。法国有研究克洛岱尔的专家认为是在"永福"(Yung-fou)。永福即今永泰:永泰自唐永泰二年(766年)置县。明清时期改称永福,故而,悬空寺也称永福寺。克洛岱尔曾几次去那里,据其《日志》记载,就有1896年12月6—9日和1898年12月22—24日这两次。其中,1896年12月7日的《日志》记载:"呼吸着清晨的新鲜空气,朝永福寺拾级而上,在黄色花朵旁小憩,宽阔的绿叶和大树映衬着瀑布。"

咸菜，再把它提上来。在气势非凡的石井栏的一侧角落，像命运女神帕尔卡①用剥下的头皮做成的一件战利品那样，悬垂下一股清泉，跌落在深坑，带来永不枯竭的水源；我通过一根由多股磨得薄薄的绺条结成的绳子，汲取生活必需的用水，而我厨房袅袅的炊烟则与瀑布潺潺的水声交缠缭绕到一起。湍流在棕榈树之间汩汩泻淌，我看到脚底下那些高大林木的树梢微微摇曳，阵阵清香徐来，沁人心脾。恰如水晶的一丝破裂足以震撼整个静夜，万籁俱寂的大地，被清亮而又空洞的雨滴惊醒，这持续的细雨滴在深奥的卵石上，我在我栖居的神奇古怪的漏斗状居所中，看到了巍巍群山的听觉本身，恰如在颞骨般的岩石中挖凿出的一只耳朵；而，我的注意力全然集中于我全身骨架的关节处，我试图感受到这一切，在树叶飒飒与鸟儿啾啾的喧闹声底下，充分敞开的这一巨大而又神秘的楼台：在万有引力的竭力阻碍下，永恒的海水在摇荡，地表在一层层地起皱，飞转的寰球在呻吟。一年一度，月亮从我左侧的那道护墙之上升起，在我腰带的高度，以一个如此确切的水平切断了阴影，让我有

---

① 帕尔卡（Parque），是希腊神话中命运女神，一共三位，分别是纺着生命线的克洛索（Clotho）、看护生命线的拉克西斯（Lachesis）以及剪断生命线的阿特洛波斯（Atropos）。

可能，带着万分的微妙与谨慎，挥舞飘摇出一个黄铜的圆盘。但是，我尤其喜爱这把一直下到空无中的楼梯的最后一级。多少次，我难道不是从沉思冥想中醒来，活像一株玫瑰，全身心地沉浸在静夜的细雨中，或者，在惬意舒适的下午，我难道没有出现一小会儿，充满和善之心地朝屋子下方趴在树枝尖梢上的猴子扔去几把恰如鲜红铃铛的干荔枝！

[1898年10月]

泉①

那乌鸦，就像钟表匠只用一只眼睛紧盯住他那块待修的表一样，会死死地盯着我，这微笑而又精确的人物，一根手杖如一柄标枪握在手中，两条腿清晰地移动不止，在狭窄的小径上踯躅前行。群山紧紧围绕中的田野一片平坦，如同一只煎锅的平底。在我的右边和左边，是一望无际成熟了的庄稼；人们刈割收获恰如给一只羊剃毛。我总是把握不定田埂的宽度，反复倒腾我的脚，来礼让络绎不断的耕作者队伍，一些人匆匆过去，腰带上别着镰刀，去田里干活，一些人则从田里过来，肩挑一对负重累累的箩筐，像掌握天平秤一样，箩筐的形状上圆下方，结合了大地与苍穹的象征。我久久地行走，整片田地像一个房间一样封闭着，空气很沉闷，长长的烟柱凝滞成条，雾霭浮动

---

① 《泉》(*La Source*) 这首诗的灵感来自克洛岱尔 1898 年 11 月在福州鼓山附近的一次漫步。

不散,恰似野蛮人的某种焚尸火堆的残余物。我离开收割后尚留着茬的稻田,还有沾了泥浆的稻把,渐渐地走向越来越狭窄的山口。甘蔗田之后,紧接着是一大片无用的芦苇,我把鞋子提在手上,连续三次穿过匆匆流向同一条大河的湍急小溪。那条河就诞生在这里,在这样一条分成五岔的山谷的正中央,我琢磨着寻找最终汇成大河的那些小沟的源头。随着瀑布的细流渐渐地变得越来越疲软,我的登攀之路也变得越来越崎岖陡峭。我把最后的一片番薯田远远地留在了身后的低处。突然间,我进入了一片树林,就像是进到帕纳索斯山①上为缪斯女神们用作聚集地的那片树林!我的周围生长着一丛丛茶树,它们的嫩枝修剪得整整齐齐,而它们暗绿的叶子长得那么高,我伸长了胳膊都够不到。美妙动人的隐居地!奇特而又博学的浓荫,装点出一团团长年不断的似锦繁花!一阵芬芳的清香似乎不是散发出来的,而是经年缭绕不消,氤氲扑鼻,令人心旷神怡。而我终于在一个凹穴里发现了泉源。恰如谷粒从愤怒的筛子中蹦跳出来,水从地底下喷涌而出,沸腾似跳跃,爆响如开锅。腐恶消遁

---

① 帕纳索斯山(Parnasse),是希腊的一座高山。在希腊神话与传说中,帕纳索斯山是一座圣山,居住有太阳神阿波罗与九大缪斯女神。最著名的阿波罗神庙就位于帕纳索斯山南麓的德尔斐。

无影；剩下的唯有纯净，本源与澄澈飞溅而出。这至纯至净的水，充满了生命的活力，生于上天之甘露，集于大地母亲之深腹，如一记呐喊，敞开流出。幸福得如有一声崭新的话语奋力喷涌！但愿我的嘴就像这一股永远充沛的泉水那样，从一种永恒的源头中自行诞生，全然不担心还要用于人类的劳作，要去往那些低矮的地方，在那里，伸展开一泓水面，如一口唾沫混杂到一团淤泥中，养育广袤辽远的一大片庄稼。

〔1898 年 11 月〕

正午潮 [①]

在无法再航行的天时,水手就在靠海的地方铺床睡觉:当大海咆哮起来,即便在深更半夜之际,他也会起床来照看,就像一个乳娘听到了小孩子的哭叫那样,实在再也无法入眠。我也一样,就像一个城市是通过它秘密的下水道与水起水落联系在一起,我的精神世界则是通过我渗透其中的这一液体那生动的美德,连接了江河湖海的运动。就在我说话时,或者在我写作时,或者在我休息时,或者在我吃饭时,我都跟那或是弃我离去或是高潮涨起的大海在一起。正午时分,作为这一繁荣兴旺的商埠的临时公民,我常常会过来看海浪为我们带来的壮观景象,恣意汪洋的均衡涌动,在这条辽阔大江的入海口形成浊浪翻滚的浩荡潮流。我观望朝我奔涌而来的所有海族,一长串海

[①] 《正午潮》(*La Marée de midi*)这首诗 1898 年 12 月写于上海。克洛岱尔是 12 月中旬去的上海,临时接替正在休假的法国驻上海总领事白藻泰(M. de Bezaure)的工作。次年 1 月份便返回福州。

船被涌潮牵引，仿佛有一根长长的链条在拖曳；风帆鼓鼓的船儿斜向地戗风而驶，四片大帆绷得紧紧的，恰似僵硬的铁锨，从福州过来的帆船的每面船帮上都束捆了大堆的梁木，随后，在一大片零零散散的三色舢板之间，有欧洲的各种巨轮，有装满石油的美国大帆船，还有从马迪安那一带①过来的各色起重浮箱，汉堡和伦敦的种种货轮，还有穿梭往来于海岸和海岛间的商贩之船。海天一色，无比清朗；我进入了一种如此透彻的光明中，无论是我的内心意识，还是我的躯体，看来都不能提供丝毫抵抗力。天冷得让人十分爽朗；我闭上嘴巴，尽情呼吸着阳光，鼻孔正对着令人无比惬意的空气。正在此时，海关高塔上的大钟敲响了正午的钟声，航海信号台的圆球落下，所有的航船一齐打钟报时②，三钟经的钟声在某个地方敲响，一些工厂的汽笛与轮船发出的嘈杂声久久混响在一起。所有人都定下心来吃饭。划舢板的船工，来到小舟的

---

① 马迪安（Madiân）位于阿拉伯半岛的西北部，在阿卡巴湾与迈丁之间，今属沙特阿拉伯。
② 据1909年《图画日报》第37号所登《上海之建筑（三十七）法界浦滩定时球》一文记载："上海法界浦滩洋泾浜堍，有高十余丈之桅。上悬能升降之铁叶圆球，乃上海全埠定时球是也。球径六尺许。圜十余尺，牵以电线紫铜丝。每日至子午二时，即中午十二点钟、晚间十二点钟，该球自上下坠，不爽毫厘。下坠后缓缓复向上升，及时复下坠。终年如是，曾未少误。"

尾部，掀起饭桶的木头盖，心满意足地瞥了一眼热气腾腾的家常菜；五大三粗的装卸工，身穿厚厚破衣烂衫，肩上的扁担如同一柄标枪，就地团团围定了四面透风的灶台，那些已经领到饭菜的，便坐到独轮推车的边沿上，一边开心地笑着，一边双手捧定了热气腾腾的米饭团，用贪吃的舌尖，感受着美食的热气。调节器的水平在加高；大地上所有排水的闸口都已满溢，一条条江河全都暂缓了流动，而大海则迎向了江河，把海里的盐与江中的沙混淆在一起，让江河的一个个大口把它整个地囫囵吞下。这是盈满的时刻。现在，穿城而过的曲折运河成了由杂七杂八的船只排成的一条长蛇，船队之蛇在喧嚣声中游进，而水流摆脱了淤泥，不可抗拒地扩展高涨，让一个个浮桥和系船锚都像瓶塞那样变得轻飘飘的。

[1898 年 12 月]

海上遇险 [1]

由于无法从容就餐,我便往衣兜里塞了一块面包,登上了航船的艉楼,身子摇摇晃晃,头脑昏昏沉沉,大口喘着粗气,撞遇了强烈的一团漆黑,还有不知从何而来的杂乱噪音。我在无能无用之中张开双唇,盲目地往嘴里送下一大口面包,但随即,我的两眼从舱室的微光中逸出,渐渐习惯了黑暗,辨认出航船的形状,更远处,直到缩得极其微小的地平线那边,依稀见出被风暴困扰不已的汪洋大海。我在这黑乎乎的竞技场中看到,苍白的浪沫像一支骑兵队尽情地游荡。在我四周,没有任何坚固之物,我置身于混沌之中,我迷失于死亡的内部。我的心被最后一刻的忧伤紧紧揪住。我根本就不是面临着一种威胁的

---

[1] 《海上遇险》(*Le Risque de la mer*)这首诗写的是克洛岱尔1899年1月从上海返回福州的海上旅行。这次航行充满了危险,因为遭遇风暴,航船不得不一度掉头返回。1月13日出发,19日才到达马尾。17日那天,克洛岱尔在《日志》中甚至还写下了"恐怖的感受"这样的词语。

袭击；我仅仅只是处在了根本无法居留的境地；我早已方寸大乱，我漠然地漫游。我任凭深渊与风这"空无"力量的随意摆布；我的周围没有丝毫的约束，只有随意的动荡，这狭小的船儿所包含的一小群人类，就像一篮筐麸皮漂散在无序的液态中。在随时准备把我吞噬的深海的肚腹之上，大海伙同着我自身构成的重量，默契一致地哄骗我，我就这样被一个脆弱的公式所掌控。但我急于摆脱这忧伤的景象，便又下到我的舱室中躺下睡觉。航船顶风而行，在浪尖上立起，偶尔，这巨大的机器，带着它的铁甲，它的锅炉，还有它的炮筒，还有它装满了煤炭与炮弹的贮藏室，整个儿稳稳当当地安坐于海浪之上，恰如一个躬身屈腿的骑士，随时准备一跃而起。随后，一段小小的宁静时刻来到，我远远地听到，就在我的耳朵底下，螺旋桨继续发出它那微弱而又驯服的声响。

但是，白日将尽之前，我们看到我的船进了这个港，港湾隐匿在群山的怀抱中，恰如一个偏僻的水库。一下子，生命复又展现！我怀着一种山野之人的快乐，继续欣赏一度中断了的景象，这块蓬蓬勃勃、欣欣向荣的垦拓之地，多么纯洁而又奇特的公共地产，这一持续不断、花样繁多、名目混杂的开发，带来了万物共处的一派繁荣。当我们抛下八字锚靠岸停泊的那一刻，太阳被面前的山峦遮掩了一小半，正通过残缺的山口朝大地射下四道如此密集的金光，仿佛把它自身的质量一股脑儿全都喷射了出来。就在西下的夕阳把金灿灿的光束向着无边无际的苍天垂直上抬之前，我们众眼之眼，王中之王，高高地站立于峰巅云端，就在肉眼可视的景象大慈大悲的彻底伸展中，就在最崇高的那一刻，雄伟庄严地昭示了距离与源泉。我拥有比一次承诺还更丰富的这一告别作为欢迎！冈峦重又披上了它风信子的裙袍，鲜亮的紫色，黄金与夜晚的婚姻。我被一种低下而又强烈的喜悦之情紧紧攫住。我向我主致以崇高的感激，我没有死去，我得到了确切的证实，我的五脏六腑因生命的延缓而充满了喜悦。

这一回，我依然不会去喝那苦涩的水。

[1899年1月]

关于光的主张[①]

我实在无法那样想,一切的一切,在我心底,都在排斥着那样一种想法,即认为是种种色彩构成了基本元素,而光线只不过是它们七彩之色的综合。我一点儿都看不出,光是白色的,而且,我也看不出,任何颜色会跟其功效本身产生更多的关系,且它们的和谐会决定其功效。没有一种颜色会不带一种外来的介质:正是通过它,人们才将认识到,就连它,它本身,也是外在的,正是物体为一种不可分割之光辉的简单源泉提供了不同证据。你们都不要尝试着去分解光:因为正是它分解了黑暗,由此,依据其工作的强度,产生出七种色彩来。一个盛满了水的器皿或是一个棱镜,通过一个透明而又密集的中间物介入,以及

[①] 手稿上的题目原为《关于光的想法》。这一篇《关于光的主张》(*Proposition sur la lumière*)最早发表于1899年6月的《法兰西水星》上。大概写于同年2月,显然也正是这里的一些想法,导致克洛岱尔后来不久就写出了《诗歌艺术》那组文章。

多面体的对比游戏，能帮助我们当场认识到这样一个作用：自由而又直接的光线始终不变；而一旦有了一种束缚性的反射，一旦物体承担了一种固有的功能，颜色就立即出现；棱镜，在它三个角经过严密计算的间距中，在其三重两面镜的协调下，产生出一切可能有的反射游戏，并给光线释放出它的彩色同等物。我拿光线来跟人们纺织的一块布料做比较，光线构成为其经线，而光波（始终牵涉到光的一种反射），则构成其纬线；而颜色，则只关系到后者。

假如我仔细地察看彩虹，或者投射到一段墙体上的光谱，我就会看到一种渐变，不仅体现在色彩的本质上，而且还在相对的密集度上。黄颜色占据了彩练的中央，并一直深深地侵入两侧的边界，而也唯有这两侧，随着自身走向黯淡，逐渐弱化，同时也在排斥这黄颜色。我们会发现，在它身上产生了光的最直接的遮蔽，红色和蓝色会互相间成为它的图像，成为对两个获得平衡的顶端的隐喻。它扮演了调解者的角色；通过与相邻近的色带的结合，准备出混合色调，并通过后者而形成互补色；在它之中，并通过它，极端的红色跟绿色相组合，恰如蓝色与其对色橙色相组合，会消失在白色的整体之中。

由此，颜色是一种特殊的反射现象，其中，反射的物体为光线所渗透，本身已经占有了光，并同时散发出光，让它发生变化，总之，颜色是对落到一切物体上的毋庸置疑的光所做分析与检查的结果。而色调的强度，则会随着一种色阶而变化，黄颜色构成其中的主色，而按照多少算得上齐全的测定，物体对光线的反射与光线本身的投射是大致相当的。谁不会对这样一种理论断言感到惊诧呢？这一经典理论认为，一个物体的色彩，取决于它自身对除了它所显现出其色标之外的所有彩色光线的吸收。而我的想法，则正好相反，我认为，构成每一物体看得见的特色的因素，就是它的一种独特而又真实的品质，而玫瑰的颜色，丝毫不输于它的香味，同样也是它的一大属性。

——人们所测定出的，绝不是光的速度，而仅仅只是环境改变它时所加诸于它的阻力。

——而，能见度本身只不过是光的一种属性而已：依据不同的对象而各有差异。

[1899年]

花园中的时辰 ①

有些人的眼睛,本身对光线就很敏感;尽管对大多数人来说,太阳是一盏无偿的明灯,在它的光芒底下,每个人都从事着各自的职业,干着各自的活儿,各尽所能,适得其所,作家运笔写作,耕夫牵牛犁地。但是我,我通过眼睛和耳朵,通过嘴巴和鼻子,通过皮肤上所有的毛孔,吸收着阳光。如同一条鱼,我彻底浸没在阳光中,我狼吞虎咽地汲取它。这就像早上和下午的光焰,如同有人说的那样,能催熟一串串葡萄,也能酿熟暴露在光天化日之下的瓶子里的酒,太阳能钻入我的血管,疏通我的脑路。让我们来享受这一清静而又灼烧的时辰吧。我就像水流中的绿藻,唯有它波浪的脚才能把它系住,它的密度跟水相同,又像是澳大利亚的这一种棕榈树,一段船桅般又

---

① 从克洛岱尔的《日志》来看,《花园中的时辰》(*Heures dans le jardin*)这首诗写于1899年3月14日。本篇的一开头与上一篇《关于光的主张》的结尾似乎形成了某种呼应。

高又粗的茎干之上,一丛丛阔叶蓬头散发,像是展开了巨大的翅膀,不停地扇动,翻腾,摇撼,仿佛在一把把巨大的弹弓之上一弹一跳,叶缝中不时地穿过夕阳的丝丝金辉。

——巨大的芦荟从一颗牙齿中诞生,而那颗牙,或许正是卡德摩斯在忒拜土地上播种的那些牙齿中丢失的一颗呢①。太阳从一片凶残的土壤中抽取出这颗盔菊石化石②。这是双刃剑形状的一颗心,青绿色橡皮带的一种怒放。孤独的哨兵,海洋与甲胄的颜色,它那巨大的锯齿到处都触及朝鲜蓟。就这样,久而久之,它终将一排接一排地爬上它的钉齿耙,直到它花开花败之后死去,直到从它的心口突现出花蕊,如一根立桩,如一个枝形大烛台,又如一面扎根于最后一方园圃脏腑中的旗帜!

——人们遵照我的命令,关上了门,插上了闩,锁上了锁。看门人在他的窝棚里睡着了,脑袋耷拉在胸口前;所有的仆佣都已入睡。只有一扇玻璃窗把我

---

① 卡德摩斯(Cadmus),希腊神话中忒拜城的创建者,又是传说中将腓尼基字母传入希腊的人。他被迫跟战神所生的巨龙交战,将它杀死,并遵照女神雅典娜的劝告,拔下龙的牙齿,播进地里。从龙牙中长出一些武士,他们自相残杀,最后剩下五人,帮助建起了卡德摩亚堡,成为忒拜名门的始祖。
② 盔菊石化石(hoplite),这个词也可以指古希腊的重装步兵,特指手持大圆盾,使用长枪,并以密集方阵作战的步兵。

跟花园隔开，万籁俱寂，直到围墙的墙根，一切全都静得出奇，就连两层地板之间的老鼠，鸽子肚皮底下的虱子，蒲公英脆弱根系中的绒球，都应该能感觉到我打开的那道门的中央之声。圆圆的苍穹，连同太阳，出现在我想象中的地方，在下午时刻的灿烂辉煌之中。一只鸢高高地翱翔于蓝天，绕着极大的圆圈；从松树的尖梢坠落下一泡鸟粪。我恰好就在我之所在。我在这封闭之地的一举一动，全都印刻上了谨慎、警惕、沉默无言的痕迹，恰如钓鱼人生怕连多想一想都会惊动了水面，吓跑了鱼儿一般。在这一片自由空旷的田野中，没有什么能让人怡情忘忧，把躯体带往别处。树木与花卉全都在谋求捕获我，崎岖曲折的羊肠小道，恰如在跳鹅棋游戏①中那样，总在把我引向由退缩到最隐蔽角落的水井所标明的、而我却根本不知道的哪一点上；精心安置于山岭的整个厚度上，我拿绳子作为长长细瓶的中轴，晃动那看不见的桶。恰如一个水果，正由一个诗人构思着它的甜蜜，

---

① 跳鹅棋（jeu de l'Oie），也叫赛鹅棋，是一种掷骰游戏，最初出现于16世纪的欧洲，有不同变种，用骰子决定鹅棋的前进步数，途中若抵达某些特定格子有特定规定，以抵达终点为胜利。棋盘称为鹅图，分成六十三格，每格画有客店、骷髅、桥、盘陀路等图案，第一和第六十三格各画一只鹅。每走到一格时，则按格中图案所指示的方法走步。例如遇客店表示暂停一回；骷髅表示从头另起；鹅表示进两步。游戏通常会有赌金，停在某些格子上要罚钱。

我在纹丝不动之中触摸它,而就在它的内中,我们的生命,由太阳的循环,由我们四肢的脉搏,由我们头发的生长来测定。远处的斑鸠无谓地发出它那纯真而又忧伤的唤叫。这一天,我将丝毫不会动弹。低沉的喧嚣声从洪水暴涨的大江无谓地传达我的耳边。

——子夜,我才从舞会场所归来,持续好几个钟头的舞会上,我注视着一个个冠冕堂皇的人,有的身穿乌黑的裘皮袄,有的身穿奇形怪状的彩袍,随着一架钢琴弹奏出动感十足的优美旋律,成双成对地翩翩起舞(每一张脸都表现出一种令人实在难以理解的满足),而这会儿,轿夫们一直把我抬到台阶上,掀起轿厢的帘子,我这才在我灯笼的光亮中,在倾盆大雨底下,依稀看到那一株木兰花,枝头上如彩旗一般挂满了它那肥嘟嘟的象牙色花瓣。哦,多么清新的显露!哦,永久不衰的珍宝在夜半三更时的证明!

——大地的主题由这远处之鼓的敲打来表达,这就如同,在储藏食品的岩洞中,人们听到箍桶匠不慌不忙地一记记敲击着木桶。世界雄伟壮丽达到了如此的程度,人们随时都在期待,盼望着寂静的时刻能被一记叫喊声的可怖爆炸,被喇叭的嘀哩叭啦,被极度兴奋的狂喜呐喊,被令人沉醉的铜管乐的吹奏打得粉碎!有消息传播,说是江河泛滥,洪流满溢,水道膨胀，四方渗透，大海上的所有航运船全都下到了内陆之中，在那里批发交易地平线的产品。农田中的劳作则充分利用了沧桑变迁；戽斗水车纷纷运作，声势浩大，直到被淹的庄稼映照出与它昏暗牧场的混杂（某一处有一蓬草进入到月亮的圆环中），番石榴色的夜晚，整片广袤的大地充满了劳动的嘈杂声。（另一处，在天光最亮的时辰，四个小爱神连接在一根甘蔗上，猛踩着金色的滑轮，把一种海水般的蓝里透白的乳汁提送到碧绿碧绿的农田中①。）而一瞬间里，碧天之上，这张年轻的脸赢得一席之地，它醉意盎然，既燃烧着愤怒的火焰，又放射出一种超人类的兴奋，眼睛闪闪放光，透着玩世不恭，嘴唇因争执不休与尽情痛骂都扭曲得走了形！但是，铡刀落在肉上的沉闷一击相当明确地告诉了我，我自己究竟身处何方，而那女人，正从螺钿色的大大骨架中掏出大团大团的内脏来，她的两条胳膊，一直到肘部全都染有鲜红鲜红的血，如同烟草的汁水。一只被人倒扣过来的铁盆闪闪发亮。在秋天玫瑰红而又金黄色的光芒中，隐藏在我视线外的那条运河的整整一片岸畔出现在我眼前，我

---

① 在《认识东方》中，诗人克洛岱尔多处提到了农夫农妇车水劳动的景象，参照《大地之入口》和《米》等诗篇中的相关描写。

看到岸上安置了一部部滑轮,它们提拉出一方方冰块,一筐筐生猪肉,一箩箩沉重的香蕉,一管管水淋淋的带壳的牡蛎,还有一桶桶鲜鱼,全都跟鲨鱼那样庞大,像瓷器那样亮光闪闪。我依然还有力气记下这架磅秤的称重,一只脚放在秤盘上,一只拳头用力勾住青铜链条,摇摇晃晃地翻转一大堆西瓜,又一大堆笋瓜,还有一捆捆用藤条扎好的甘蔗,但见那藤枝上还绽放出一簇簇嘴唇色的小花。而我猛地一抬下巴,复又坐在一级台阶上,伸手抚摸着我那只猫身上浓密的毛。

〔1899年3月〕

谈大脑[1]

大脑是一个器官。学生能得到一个坚实的原则，假如他紧紧地抱定一种如此的想法，即神经系统都是同质的，无论在其中心，还是在其分支分叉中，而且，简单说来，它的运作功能亦是如此，由其机械的有效性而确定。没有什么能证明如下一种说法有过分之处：就如人们认为是声音产生了一种话语表象那样，人们把"分泌"智力与意愿的功能，全都归于脑神经中的白质或者灰质，认定是它们起到了感觉与动力的作用，恰如肝脏分泌出胆汁那样。大脑，就跟胃和心脏那样，是一个器官；而，就跟消化器官或循环器官各有其确切的功能一样，神经系统也有自己独特的功能，那就是感觉与运动的产生。

我在此特地使用了"产生"一词[2]。如果把神经

---

[1] 《谈大脑》(*Sur la cervelle*) 这一篇写于1899年3月。
[2] "产生"一词的原文为"production"。

看作是一些简单的纤维束,是一种双向传导的、本身并无什么活力的施动因素,那样看的话,兴许并不太妥当:那种传导,在某一处被人们称为传入的,而在别处,则被称为传出的;它们虽似无动于衷,却时刻准备着要像发电报那样发送一记声音,一次冲击,或者内在精神的指令。这一器官确保了如脉搏一般稳定的脑电波向着全身的充分展现与扩张。感觉绝非一种被动的现象;它是一种充满动力的特殊状态。我把它比作一根颤动的琴弦,音符正是通过手指头的精确把位,在那里形成。通过感觉,我证实某一事实,我还通过运动来控制其活动。但是,振颤是恒常的。

而这一看法有助于我们更进一步推进我们的探究。任何的振颤都包含一个中枢点,恰如任何圆圈都有一个中心。神经振颤的来源就存在于大脑中,而大脑,它跟我们体内的其他所有器官皆相分离,却充满了整个密封的颅腔。相关科学开宗明义所表明的类比规则,除了从中看到最初震荡的接受、转化以及消化的动因,不允许还看到任何其他东西。人们可以想象,这一作用特别归属于外围组织,作为基质的白质构成为一种专管扩大和组合的因子,而最终,颅底的那些复杂器官,则如同一个个分配表、仪表盘、流量计,以及负责交换与调整的各种仪器,各司其职,各尽其责，配合运作得如同一个作坊。

我们现在也应该来专门探讨一下振颤[1]本身了。我想以此称呼那样一种双重而又整一的运动，通过该运动，一个物体能从某一点出发，并再返回到这一点上来。"元素"本身就正在于此，构成整个生命之基础的根本象征正在于此。我们大脑的振颤就是生命源泉的沸腾，是物质接触到神圣整体时的激情，而神圣之支配则构成我们典型的个性。那就是我们所依赖的脐带。神经，还有它们提供给我们的对外部世界的触觉，都只是我们认知的工具，只是在此意义上，它们才成为认知的条件。就像人们学会使用一种工具那样，我们也正是这样对我们的感官进行教育。我们是通过接触我们内在的本体来了解世界的。

因此，大脑本不是什么别的，而只是一个器官：是动物性的认知的器官，在动物身上只是感性的，而在人类身上却是智性的。但是，如果说它仅仅只是一种特殊的器官，那它就不会成为智力的或者心灵的载体。这一损害，人们是不会加到身体的任何一个部分上去的，因为，我们的身体不是别的，正是整个天主的生动而又积极的形象。人的心灵正是如此，人的肉

---

[1] "振颤"一次的原文是"vibration"。

体因有了心灵才得以成为肉体,其行为,其繁衍才得以永远持续,而按照学院派的说法,才得以有其形式。

[1899年]

离开这片土地[①]

是大海在前来寻找我们。她拉动我们的船缆，她把我们的船帮从栈桥码头上撕开。而船儿，它，则在一种巨大的颤抖中，渐渐地扩大了把它与拥堵的码头以及拥挤的人群分开的距离。而我们，在其慵懒的帆索中，沿着平静而又浑浊的江流缓缓行驶。此地，正好是这样的一个江口，水陆交界，江泥就在此处吐出，而，混杂了团团海草的海水则在泥浆的推动下，奔腾而来，一阵阵地反刍。我们曾经居住的这一片土地上，现在只剩下了一团颜色，绿色的灵魂随时要被融化在海水中。而在我们面前，那边，早已有一个航标灯在清澈的空气中指明了航线与荒漠。

[①] 这一篇《离开这片土地》(*La Terre quittée*) 明显写于 1899 年 10 月 25 日之后的海上航行期间，因为，从那一天起，克洛岱尔就离开福州，回法国休假去了，时间长达整整一年。1900 年在中国发生的"义和团运动"以及"八国联军侵占北京"等著名事件，克洛岱尔都不在场。直到这一年的 10 月 21 日，他才结束在法国的休假，从马赛登船前来中国，继续在福州领事馆工作，担任领事一职。

就在吃饭的时候，我感觉到航行突然停了下来，在整个船体中，也在我的身体中，有一种自由之水的呼吸。领航员下了船。他登上摇晃不止的小艇，在电灯的光照下，挥手向我们已然出港的航船致意；我们解开舷梯，我们启程出发。我们在明媚的月光下出发！

我看到我的头顶上弯弯的天际线，恰如一场无尽睡梦的边界。我的整个心儿在绝望，海岸在我们身后渐渐消隐，渐渐逸去，就如人们带着含糊的呜咽，重又沉沉睡去。啊！大海，是你！我回来了。再没有比永恒更好的怀抱了，再没有堪与无限空间比肩的安全了。从此，我们在这一世界上的消息，那些消息，每天晚上，将由在我们左边升起的月亮的正脸为我们带来。我从变化与差别中解放了出来。除了白昼与黑夜的更迭交替，就绝无别的变迁，除了我们眼中的天空，就绝无什么命题，而除了映照出浩瀚天空的汪洋大海的这一怀抱，就绝无任何居所！这样一种足以净化万物的纯洁啊！绝对的主在此，与我一起，宽恕我们。现在，人们的纷扰躁动，婚姻与战事的变故，黄金与经济力量的交易运作，还有在那边的种种混乱纷争，这一切于我又有何干？一切皆缩减为既成之事实，为人与物那多种多样的激情。然而，这里，我拥有最为纯洁的基本节奏，日出日落日掩日食的交替显示，还有，作为简单事实，那些恒星图像于规定时刻在地平线上的出现。整天里，我都在研究大海，就如人们细心阅读一个心领神会的女人的眼睛①，她那作为一个认真倾听者的反复思索。对我来说，以纯净的明镜为代价，什么才是你们的悲剧与你们的炫耀那赤裸裸的蜕变呢？②

[1899年10月]

---

① 这里，已可看出克洛岱尔几年之后所写剧本《正午的分界》中将出现的一个形象的端倪："大海如同一个已经心领神会的女人的眼睛！大海如同一个被人紧紧抱在怀里的女人的眼睛！"（第一幕末尾）
② 这最后的一段也阐发了将在诗歌《五大颂歌》之二《精神与水》中涉及的主题。

(1900—1905)

灯与钟 ①

在整个宇宙的这一期待中（也是我生在此世的不幸中），一个是符号，另一个是表达；一个，是时间的持续本身，而另一个，突然发出响声，是一段短暂的时刻。一个衡量着寂静，而另一个加深着黑暗；一个激励着我，而另一个则迷惑我。哦，警戒！哦，苦涩的耐心！双重的警惕，一个热情燃烧，而另一个则工于计算！

夜晚夺走了我们的证据，我们不再知道我们所在何处。通常，我们周围的世界，一根根线条，一块块色彩，于我们很是私人化，而我们，依据我们眼睛随时随地作为半圆仪的角度，把这世界的焦点随身携带，而到了夜晚，周围世界的这一安排，便不再在那里证实我们的位置。我们缩减成了我们自身。我们的视野不再以可见作为界限，而是把不可见作为了同质

---

① 这一篇《灯与钟》(*La Lampe et la cloche*) 发表于 1902 年 11 月的《西方》上。差不多同时也发表在《中法新汇报》上。

的、直接的、漠然的、密集的囚牢。在这漆黑一团的深腹，灯就是实实在在的某个东西，存在于某处。它活生生地出现！它包含了它的灯油；它以其火焰的功效，汲饮着它自己。它证实了这样一点，而任何深渊都是这一点的缺失。由于它头天晚上就已点燃，它将一直持续到天上出现那玫瑰色的霞光！一直到雾霭悬浮，云气缭绕，恰如新酿酒浆上的泡沫！它有它的黄金储备，直到黎明的曙光升起。而我，我可千万别在黑夜中死去啊！一定让我持续到天明！让我只是在光明之中才缓缓熄灭！

但是，如若黑夜闭塞了我们的眼，那是为了让我们更多地去倾听，绝非仅仅只用耳朵，而是通过我们那如鱼儿一般尽情呼吸的心灵的听觉。某种东西在空无中慢慢积累，慢慢成熟，并扩大着数量，只等一记击打将它发出。我听到钟声响起，仿佛不得不说话，要把我们内心的沉默驱散，把隐在字词中的话语道出。白日里，我们不断地听到乐句，带有一种极大的活力，或由一个个旋涡形成，那是由为了同声合唱而联在一起的所有人在总谱表上编织而成。夜晚则把它熄灭，而只有节拍[①]还在继续。（我活着，我竖起

[①] "节拍"(mesure)，也可理解为"衡量"。

了耳朵。)它是一个什么样整体的部分呢?它所展开的是什么乐章①?它打出的,是什么拍子②?为显示出它来,这里用了沙漏和漏刻;时钟的机关约束了时间的爆发。我,我活着。我被转到持续时间中;我被调整到如此的进程,那么多的时辰。我有我的擒纵机构。我含有创造性的脉搏。在我之外,突然振响的钟声向一切证实了我的心那整个暗中的工作,这一肉体的发动机与劳作者。

就如沿着大陆海岸线航行的航海者会一盏接着一盏地测定所有的航标灯,同样,在地平线中央,天文学家,站立在行进中的大地之上,像是一个海员站在驾驶台上,眼珠紧盯着最为复杂的刻度盘,细心计算着钟点。符号的巨大计谋!浩瀚无垠难以尽数的宇宙,就这样缩减为它种种比例的转换,成了它种种间距的制定!在众多星辰的运转中,没有任何一个活动周期不经由我们的赞同,也没有任何一个目的意图不与我们关注的那些世界和谐一致!由显微镜在照相镜面上揭示出的星星,没有任何一颗不会让我成为其负面。钟点敲响,浩瀚无垠的辉煌天空的作用!从隐藏

---

① "乐章"(mouvement),也可理解为"运动"。
② "拍子"(temps),也可理解为"时间"。

在一个病人房间中央的座钟,到在天上用转着圈的飞翔一个一个地陆续到达所有规定之点的闪闪放光的大天使,这里头有着一种精确无误的答案。我并不用它来推算另一个钟点。我并不带着一丝不那么的确切来指责它。

[1902 年]

天照大神① 的解放 ②

凡人无一不会通过一种公开的崇拜，来规规矩矩地礼赞月亮，我们月份的这一计数者与制造者，这位纺纱女神，总是吝于测定那一根丝线的长度。在白日的明媚光线中，我们开心地看到万物都在一起，争奇斗艳，像是一大匹五颜六色的花布；但是一旦傍晚来

---

① 天照大神（Amaterasu），日本神话里的太阳女神。她被奉为日本天皇的始祖，也是神道教的最高神。据《古事记》与《日本书纪》记载，天照大神是从开天辟地之祖伊奘诺尊（《古事记》中称为伊邪那岐）眼中诞生的：伊奘诺尊思念难产而死的妹妹兼爱妻伊奘冉尊（《古事记》称为伊邪那美），亲赴黄泉国。但见她腐烂而丑陋的身子后，因感恶心与畏惧，逃离黄泉国。愤怒的伊奘冉尊派数将追击，但均被他用计甩开，最后，他在黄泉比良坂用巨石堵住阴阳两界之路，才停止这场灾难。疲惫的伊奘诺尊停在筑紫日向的橘小户阿波岐原休息，脱去衣物，跳入河中洗澡，于是，衣物与身上洗到的部位顿生二十多位神。洗脸时，左眼生出掌管太阳的天照女神，右眼生出掌管月亮的月夜见尊（《古事记》称为月读），鼻孔生出素戈呜尊（《古事记》称为须佐之男）。女神出生时光辉照耀天地，伊奘诺尊甚喜，将其命名为天照大神，送她八尺琼勾玉，令其治理高天原（诸神所居之处），同时，令月夜见尊治理之食原，素戈呜尊治理海原。天照大神在高天原开垦田地，传授养蚕、织布技艺，治理有方，使诸神过着安逸和平的生活。
② 这一篇《天照大神的解放》（*La Délivrance d'Amaterasu*）的发表情况，同上一篇《灯与钟》。

临，或者夜色已深，我会重又看到命定的梭子深深地扎入天空的经纬之幅。朋友啊，但愿只有你那被她不吉的光辉镀成金色的眼睛认出她来，还有在你诗琴的琴把上闪闪发亮的这五片指甲！

但是，永远纯真而又年轻，永远像它自身的太阳，如此灿烂辉煌，如此洁白无瑕，每一天，对于它充分的荣耀，对于它慷慨的脸面，什么都不会缺少吗？而谁将会瞧着它还忍得住不立即笑出声来？因而，那一种笑，就跟人们迎接一个漂亮小孩子时的笑同样自由，让我们把心亮给美好的太阳吧！怎么着！在公共大路上最细小的水洼中，在道路拐弯处留下的最狭窄的车辙中，他将找到什么来映照它鲜红的脸庞，而唯有人的秘密心灵还将对它如此封闭，还会拒绝跟它的相似性，还会不承认在它黑暗的深底有着一点点的黄金？

浑身疥癣的淤泥之子的后代刚开始在肥沃大地的胸怀上蹚水，就因急于贪吃而忘记了辉煌之物，那永恒的朝拜之节，而他们正是被准许存活在其中的。就像一门心思依照了木纹来雕凿木板的雕刻匠不怎么注意头顶之上照亮着他的那盏灯，就像耕田的农夫，世间万物在他眼中只剩下自己的两只手，还有水牛的黑屁股，只注意扶正了犁，耕直了垄，完全忘却了宇宙闪亮的心。于是，天照大神在太阳里发怒。她是太阳的灵魂，太阳正是靠了它才发光，她还是吹响喇叭的那股气息。她说："畜生，当它吃饱肚子时，它是爱我的，它简单地享受着我的抚摩；它在我脸庞发出的热量中睡去，在它躯体的表面上满是血脉有规律的突跳，那是鲜红生命的内在搏动。但是，不信神的粗暴之人从来都不满足于有食果腹。花儿，整日整日地欣赏我，用我脸庞的光辉滋养它虔诚的心。在它的枝头上，唯有人不好好地沉思冥想；他把我那神圣的镜子从我这里偷走，藏在他身上，反过来照我。那就让我们逃走吧。把这一毫无荣耀的美隐藏起来吧！"立即，就像一只匆匆钻入城墙缝隙中的鸽子，她在横河川的河口占据了这一深深的洞窟，并用一块巨大的岩石，死死地堵住了洞口①。

顿时，天地陷入一片昏暗中，空中一下子没有了日光，唯有繁星显现，闪闪烁烁。那绝不是夜晚，而是黑暗本身，浓浓密密，早在有这世界之前就在那里了，切切实实的黑暗。恶劣生涩的夜触及了活生生的大地。天上出现了一个巨大的缺口：宇宙空出了它的中心；太阳神本人悄然隐退，像一个人扭头走掉，不

---

① 传说中，素戈呜尊相貌丑陋而力大无穷。素戈呜尊因为思念已故的母亲，曾试图打开黄泉之国的大门，但未成功。随后大闹高天原，惹怒了他的姐姐天照大神。后者一怒之下，躲进天岩户，天地遂陷入黑暗。

想见你们的面,像一个审判官昂首退出法庭。于是,那些忘恩负义者见识了天照大神的美貌。现在,就让他们在死亡的空气中寻找她吧!一记巨大的呻吟声传遍群岛,临终的忏悔,恐惧的厌恶。就像到了晚上,千千万万的蚊子在空中嗡嗡飞舞,作威作福,大地上满是恶魔与死鬼在抢劫掠夺,它们跟活人的区别一目了然,一个个全都没有肚脐。就像一个领航员,为了更好地穿越距离,得让人熄灭身后的灯光,通过正中央那盏灯的去除,空间就在他们周围增大。从地平线出乎意外的一端,他们看见天外一道奇特的白光,恰如一个相邻世界的边界,一颗未来太阳的反光。

此时,所有帮助人的神灵,所有如牛如马一般勤劳陪伴在人身边的男神女神,有名无名的大小精怪,听到这身上无毛的造物的叫声,那如同小小狗崽细声尖叫的悲惨叫声,全都激动万分。海里和空中的众神诸仙,全都聚集在横河川的河口,恰如一群群水牛,恰如一拨拨沙丁鱼,恰如一阵阵椋鸟,在横河川湍急水流的河口,那里,身为处女的天照大神藏身在了一个土洞中,就像一个树洞中的一条蜜腺,就像一个罐子里的一件珍宝。

"灯盏只会熄灭在一道更强的光线中,"他们说,"天照大神就在那儿。我们根本就看不到她,然而我们知道，她一点儿都没有离开我们。她的荣耀一点儿都没有缩减。她就像一只知了那样藏在土中，就像一个苦行者那样藏在自己的思想之中。我们该怎样做才能让她出来呢？我们将为她送上什么样的诱饵呢？我们将为她提供跟她本身一样美丽的什么东西呢？"

他们马上就用一块从天而落的石头，做成一面非常洁净、十分圆的镜子。他们拔了一棵松树，就像打扮一个玩具娃娃，他们为它裹上金光闪闪的外衣。他们把它打扮成一个女人样，他们为它安上那面镜子当作脸。他们把它笔直地竖起来，这神圣的御币①，面对着那个充盈得满满的洞穴，那个装满了日光的愤怒灵魂的口袋。

他们到底选择了什么样的嗓音，足够强劲得能穿透土层，能说出：天照大神，我在这里？"我在这里，我们还知道，你也在这里。出来现身吧，哦，我眼中的幻觉！从坟墓中出来吧，哦，生命！"好熟悉的嗓音，这是她自穿越人间地平线之后听到的第一声嗓音，见到第一个带螫刺的虫子，公鸡从四面八方赶到农庄中来！它是震天的啼鸣，是任何黑暗都无法抹杀

---

① "御币"（gohei），对"币束"的敬称。所谓"币束"，是日本神道教仪礼中献给神的纸条或布条，折叠成若干个"之"字形，串起来悬挂在直柱或稻草绳上。

的号角。黑夜，白日，对它的神明明白白的出现或者悄然远离，它全都漠然无视，它不知疲倦地吹响它的军号，它明确无误地许下诺言。面对着躲藏在地下的天照大神，他们带来了白色的大鸟。而它也立即就鸣唱起来。一旦唱响，它便接着一直唱将下去。

仿佛根本无法与这鼓乐之声相脱节似的，一切生命之声立即全都苏醒过来，白天的喃喃细语，无休无止的活跃乐句，时时刻刻念念有词的诵经，那是和尚在寺院深处，一边抑扬顿挫地念经，一边有节奏地敲响木鱼：他们，所有的神仙，同时发出了声响，尽管他们各有各不同的名称。这一切十分腼腆，十分低沉。然而，天照大神在泥土中听见了，她很惊讶。

在此，必须贴上天钿女命[①]的图像，恰如在大众

[①] 天钿女命（Uzumé），日本神道教的一个女神。她被认为是日本传统舞蹈的最初发明者，后世人们祭祀活动时常跳的神乐舞，就是对她的纪念。传说中，掌管光明的天照大神发怒后躲进了天岩户，闭门不出。天地都陷入了黑暗，祸害横行。所以八百万神聚集到安河原，商量该怎么办才能把天照大神"请"出来。经过商议，他们收集报晓雄鸡，并在天岩户的洞窟前悬挂八尺镜和八坂琼曲玉。天钿女命把衣扣一解到底，敞着胸部和阴部，开始在倒置的大桶上跳舞，把桶踩得嘣嘣直响。八百万神见此一齐哄笑，震动了高天原。躲在天岩户里的天照大神十分好奇，就把门打开一条小缝，问是怎么回事。天钿女命骗她说："比你更尊贵的神降临了。"说着伸出镜子给天照大神瞧。天照大神看到镜子里是自己的仪态，顿时心生欢喜，又耳闻四处鸡鸣，遂从天岩户出来，诸神连忙向洞窟门口投出注连绳，使天照大神不得回洞窟。就此，天岩户开启，天照大神重现，天地恢复光明。事成后，素戈鸣尊被拔掉胡须与指甲，放逐出高天原。

化的小小书册中那样，让她截断文字的黑雨。正是她发明了一切，这善良的女神！是她设定了这一伟大的计谋。瞧她在她那面鼓绷得紧紧的鼓皮上尽情蹦跳，狂妄得如同希望之神！为了解救出太阳神，她能找到的一切，就是唱上只有小孩子们才编得出来的一首可怜巴巴的歌：*Hito futa miyo...*

> *Hito futa miyo*
> *Itsu muyu nana*
> *Yokokono tari*
> *Momochi yorodzu*

这就是说：一，二，三，四，五，六，七，八，九，十，百，千，万，——而这还相当于说：你们所有的，都瞧着这道门！——陛下驾到，万岁！——我们满心喜悦。——都瞧瞧我的肚子和大腿。

因为，她一时间舞得兴起，遂把衣扣一一解开，把腰带一把扯下，不耐烦地扔在地上，于是大敞着衣裙，哈哈大笑，大声叫嚷，使劲跺着后脚跟，在弹性十足咚咚直响的鼓皮上狂跳不已。当众神看到她那如小姑娘一般强健而又肥硕的肉体时，顿时心花怒放，一齐哄堂大笑起来。天上虽然不再有太阳，但人们心中并不悲哀，他们全都哈哈大笑！天照大神听到了笑声，心中十分纳闷，她无法克制好奇之心，便微微打开了她洞窟的门缝，问道："你们为什么笑呢？"

一道闪闪发亮的强光穿越了众神的聚集地，它刺透了大地的边界，它照亮了空荡荡虚空中的月亮；突然，启明星在死气沉沉的苍天上化作火焰燃烧起来。就像一颗过于硕大的果实霍地开裂，就像一个母亲敞开了自身的底下，让孩子努力挣出了脑袋，瞧吧！盲目的大地再也无法包容嫉妒的眼睛，这团好奇心燃烧的熊熊烈火要位于中央，这位身为太阳的女子！"你们为什么笑呢？"——"哦，天照大神！"天钿女命说。

（所有的神仙异口同声地说："哦，天照大神！"并且全都俯伏在地。）

"哦，天照大神！你一直就没有跟我们在一起，你以为，这样一来，我们再也见不到你的脸，你就把我们全给抛弃了吗？但是，好好瞧一瞧吧，这里可有一张比你还要漂亮的脸。瞧一瞧吧！"说着，她显示了御币，显示了那面神圣的镜子，只见那镜子聚集起熊熊火焰，生出一团让人目眩难以忍受的金黄。"请看！"

她看到了，又嫉妒，又兴奋，又惊讶，又迷惘，于是，她朝岩洞之外迈出了一小步，霎时间，黑夜就消遁不见了。围绕在太阳周围的所有神仙，所有星辰,全都像老鹰扑向猎物一般,惊讶地看到,璀璨的阳光就在这极不寻常的一点上喷薄而出,而小小的大地整个地就被它的光耀吞噬,恰如一支蜡烛消失在它巨大的光芒之中。

她朝岩洞之外迈出了一小步,立即,众神之中最强有力的一位就奋力冲将上来,在她的身后堵死了洞穴的门。她站立在自己的形象面前,身披着七彩的霓虹霞衣,这可爱的隐而不见的神,这熊熊的红火,跟神圣的容貌一起露现而出的,只有玫瑰色的两只手和两只脚,以及满头圆环似的鬓发,年轻的女神,辉煌的女神!带着她本质鲜明、暴跳如雷的灵魂!就像是在闪烁不已的标杆之上越飞越高,越飞圆圈绕得就越大的云雀,天照大神,被她自己的形象所征服,重又飞腾而上,升向天庭的宝座。于是,一个新的时代开始了,那是第一天。

——在神道教神社的鸟居上,通过挂上一根注连绳,大地,恰如妻子把乳房亮给叛逆的丈夫那样,就能禁止太阳作更深的深入[1]。而在赤裸裸不事装饰的庙

---

[1] 注连绳,俗称稻草绳,绳索上系有白色"之"字形的御币。它表示神圣物品或地点的界限,通常挂在神社的鸟居上,在神树和石头附近等,被认为有洗除不洁,驱散恶灵的功能。日本人每逢辞旧迎新之际,也会在家中神龛上挂注连绳,并装饰上象征清廉的松枝和丰穰的柑橘或虾头,祈祷一年四季神灵能常驻家中,保佑全家幸福安康。

堂的最后隐匿处，人们会隐藏一面小小的光滑的圆圆的铜镜，而不是厄琉息斯教派的圣火①。

[1902 年]

---

① 厄琉息斯教派（Eleusinien）是古希腊时期雅典西北部厄琉息斯地方的一个秘密教派，是一种上古的原始宗教，它崇拜女神得墨忒耳及其女儿珀耳塞福涅。

拜 访[①]

必须扯开嗓门久久地喊上一阵子，狠狠地敲上好一会儿门环，这道耐心非凡的门才会打开，因为门内的仆人早已习惯了这一连串乒乒乓乓的叩门声，他会不慌不忙地过来，辨认出停在大门口的那一顶轿子，还有被轿夫们团团围定的、端坐在轿子中央的外国人。要知道，这里的大门上根本就没有音响深沉的铃铛，也根本就没有电铃，可以由那么一根长长的线穿越一道道墙壁，一直牵连到深宅大院中最隐秘的角落，导致那里头最后的一记突然爆响，就如一头被夹住了身子的畜生发出的狂叫。乌山[②]是旧派的大户人家集居的一个街区，通常十分寂静。对欧洲人用作娱乐消遣的东西，中国人则会用来作林泉之居。在这动物蛋糕一般拥挤的民居中，在那些邋里邋遢、熙来攘

[①] 《拜访》(*Visite*)这一篇的发表情况，同上两篇《灯与钟》与《天照大神的解放》。
[②] 原文为"la Montagne noire"，通常情况下应译为"黑山"，但，想必就是指福州城内的乌山。

往的街道之间,还保留有一些消遣之地,由高高的围墙隔开,像是一些空荡荡的大宅院,或是某个离群索居的阔人留下的遗产,其间还供奉有古老的家神;只有一家高贵府邸的屋顶落下了一片古榕树和荔枝树的浓荫,看起来,那些榕树的岁数比城市还要更老,而那些荔枝树则果实累累,宛若涂抹了点点红漆,枝枝柯柯都被压弯了腰!我进了门;我等待着;我孑然一身,待在小小的客厅中;四点钟了;雨是不是已经停了,或是依然还在下呢?大地饱饱地喝足了充沛的水量,被雨水浇透了的树叶自由畅快地呼吸。而我,在这片阴沉沉却又清爽宜人的天空下,我品味着痛痛快快大哭一场之后而来的懊悔与宁静。我的面前,立着一堵高墙,墙顶起伏不平,墙面上开了三扇方形的窗子,窗棂上挡有瓷制的竹子。就像人们在外交文书上调整"密码栅格"来把真正的词语分隔显现那样,在这片有绿植有水色的风景上,他们也采用了这道透出三重天光的屏风,把这过于宽阔的风景缩减为一种互相联接、主题同一的三折画。框架固定了画面,而栅栏让目光穿透,同时却排斥了我本人的闯入,这要比用门闩拴住的一道门还更好,从里面确保我心中的踏实。主人还没有来到,我在此孑然一身。

[1902 年]

米 ①

我们往泥土中播下的是牙，我们用铁器插入土中把它播种，而在泥土中，我们的面包就以我们将来吃面包的同一方式在啃吃肥料，在汲取养分。我们家乡的太阳是在寒冷的北方，愿它亲自动手参与其中的农作；是它让我们的庄稼田成熟，这就像是赤裸裸的火煮熟了我们的饼，烤熟了我们的肉。我们用一把强有力的犁铧，在坚硬的泥土中划开一道垄沟，让食粮从中生出，然后，我们把它割下，用我们的刀，把它研碎，在我们的牙床。

但是在这里，太阳不仅仅用来如我们家乡那样晒热天空，就像一个塞满了炭火匆匆燃烧的炉子；远远不止呢，对待它，必须小心谨慎才是。一旦年岁开了

---

① 本篇《米》(*Le Riz*)最初发表于1903年11月的《西方》上。克洛岱尔对"稻米"的关注，也跟他外交工作上的考虑有关。1902年前后，他作为法国驻福州的领事，一直在考虑法国的殖民地越南东京地区（即北圻）向中国的闽浙总督购买大米的事宜。

个头,就得引水灌溉,这就是处女地的经血。那一片片的辽阔乡野,全是不带斜坡的水田,只是马马虎虎地与大海隔开,它们甚至就还是大海的延续,待雨水把它们浸泡后,田水就不再流淌,一旦它们受孕,便隐藏起来,躲避在长久维持的浅薄的水层下,固定为千千万万个框架一样的田块。而乡村人的劳作,就是丰富众多小桶中的调料:在那些桶里头,农民四脚朝天地忙活,用双手搅动它,把它拌匀。黄皮肤的人不是啃着咬着吃面包的;他咬住嘴唇,他把一种半流质的食物一下子就吞进嘴里,根本就不带细细咀嚼的。米就这样来了,就如人们用蒸汽把它蒸熟那样。种地人的注意力全都落在了要为它提供所需的足够水量,并维持住天上火炉的持续热量。因此,当水波涌动涨起时,水车就四处开动起来,像知了那样吱吱地歌唱不停。农人根本就不求助于水牛;他们自己来干,肩并肩地趴在同一根横杠上,整齐划一地踩动水车那红色的叶片,就像是同一个膝盖在一张一弛地工作,男人和女人守住了自家庄稼地的烹调,就如同家庭主妇尽心照看热气腾腾的饭菜。而安南人①则用某种勺子样的工具来舀水;他们身穿黑色的长袍,伸着小小的

---

① 指越南人。

乌龟一样的脑袋，脸色就跟芥末酱那样蜡黄蜡黄，他们忧伤无比地守定了这烂泥浆的水田，如同守着圣器室；当一对乡佬①用两根绳子系定一只水桶，在所有的水洼中汲取蒙蒙细雨的汁液，用来滋润一下出产粮食的泥土时，那是何等的毕恭毕敬，何等的卑躬屈膝！

[1903年]

---

① 原文为"nhaqué"，是越南语，通作"nhà quê"，指"农夫"。

点 ①

我停下来：我的漫步有一个终点，恰如人们写完一个句子之后会有一个句点。那就是我的脚边，坐落在道路下坡拐弯处一座坟墓上的碑文。正是从这个地方，我朝大地投去最后的一瞥，我久久眺望死者的国度。那里长着一丛丛松树和橄榄树，墓地四散延伸，扩展开来，四面团团围绕有广阔的庄稼地。一切皆消耗于盈满充沛之中。刻瑞斯 ② 拥抱了普洛塞耳皮娜 ③。一切都在堵塞住出口，一切都在描画出界限。在巍巍高山的脚下，我又看到了一线辽阔的大江；我证实了我们的疆界；我忍受着这一切。多日不见，眼前的这个小岛竟然已满布了一座座坟茔，竟然已被庄稼所吞噬。我独自站立在这些被埋葬的人民之中，两腿跨在

---

① 本篇《点》(*Le Point*) 的发表情况，同上一篇《米》。
② 刻瑞斯（Cérès），罗马神话中的谷物女神，即希腊神话中的得墨忒耳。
③ 普洛塞耳皮娜（Proserpine），罗马神话中的冥后，即希腊神话中的珀尔塞福涅，她是宙斯与谷物女神得墨忒耳的女儿。

被野草念诵的名讳之间，注视着大地的这一开口，只觉得微微的凉风，如一条不出声的狗，连续两天来一直在轻轻地吹，把巨大的云团吹散，把它们吹到这里，吹散到我身后的海水中。完结了；白日真的完结了；没别的可做了，只有掉头回转，沿着那条老路，一步步返回家去。在这一歇脚之地，在抬棺材和木盒竹篮的人们停下来休息的地方，我久久地瞧着身后的黄土路，它是一条从活人世界走向阴曹地府的路，消失于满天乌云之中透出的红红一点，就像一把迟迟不肯燃旺的火。

[1903 年]

浇祭未来[①]

我爬上了山顶，为未来之日祝酒——（为新的一日，为即将来到的一日，它兴许就紧接着今宵而来）。一直爬上山顶，带着这个玻璃酒杯，由它送到黎明女神的唇边！我就在这里头，赤裸裸的；它是如此的盈满，进到那里的时候，我让水哗哗泻落，如同一挂瀑布。我在沸腾的泉水之中舞蹈，就像一粒葡萄籽在一杯香槟酒中翻腾。我怎么也分辨不出这一层腾腾的水汽，我从气旋的肚腹与膝盖之中，把它揉塑出形状，薄薄的渊边把我跟它分隔：在我脚下，飞腾起苍鹰，传来鼓噪声。多么美丽的黎明女神！猛地一下，你就从大海那边，从海岛之间来到了这里！尽情地畅饮吧，就让我在我深深沉浸其中的这一琼浆玉液中，感到植物的拥抱，感受到你湿润嘴唇的震荡。让

[①] 这一篇《浇祭未来》(Libation au jour futur) 的发表情况，同上两篇《米》与《点》。文中描写的景色，很像是《静观者》那一篇。

太阳升起来吧！让我看到我高高悬空的身体在水池沙土上勾勒出的轻柔影子，看到它的周围绕着七色的彩虹！

[1903 年]

万河节那一天 [1]

万河节那一天 [2],我们去为我们那条宽阔而又湍急的大河庆贺它的节日。它是本地的出口,它是内藏于其岸畔的力量的化身;它是大地原质的液化,它是根植于大地最隐秘深邃的皱褶中水滴的喷发,是张嘴吮吸的海洋牵动下乳汁的流淌。这里,就在花岗岩的古桥底下,一侧,停靠着来自高山为我们带来矿石与糖的船舸,而在另一端,则停泊了五颜六色的大海船,被铁锚系得牢牢的不能动弹,只能朝那些无法穿越的桥墩耐心地瞪大了如牲畜一样的大眼睛,就在桥两边的那些舟船之间,河水从六十个桥拱中缓缓流过 [3]。当黎明之神吹响了号角,当黄昏之神在擂鼓中走掉,那发出的是什么声,飘下的是什么雪!它的堤岸道上根

---

[1] 这一篇《万河节那一天》(*Le Jour de la Fête-de-tous-les-fleuves*)的发表情况,同以上三篇《米》《点》与《浇祭未来》。
[2] 应该就是端午节,也叫龙日节、菖蒲节、浴兰节等。中国人在端午节这一天有赛龙舟的习惯,因此,当时在中国的外国人也把它叫做"万河节"。
[3] 这里指的是福州闽江上的万年桥。

本就没有像西方城市中那样的模样忧伤的下水道;它跟岸上人家保持了一种十分亲密的家庭气氛,每一个女人都会来这里洗衣洗菜,汲水回去做饭。每当春汛泛滥之际,一时兴起闹性发作的河中之龙甚至还会翻腾上岸,入侵我们的街道和家居。这就像中国人家里的母亲,会把小孩子打发给驯养的狗,让它把孩子的屁股清理干净那样,河中的龙也会一舌头舔过来,就把城里众多的垃圾污秽抹除得无影无踪。

但是,今天是万河节;我们要跟它一起,在金色水流的翻腾喧嚣中狂欢庆贺。即便你不能整整一天里都扎入深深的旋涡中,就像水牛凫在你船儿的影子里,让水面一直没及眼睛,也请不要忘记,要用一只白色的瓷碗,为正午的太阳舀上一碗纯净的水;对于未来的一年,这将是一贴包治肚子疼的良药。而这可不是无所事事的闲暇时刻:人们要开启最沉重的酒坛上的封泥,那糊了一层泥巴的黄金南瓜,人们要就着壶嘴来喝阳春四月里的新茶!让每个人,在这个浪潮高涨,阳光高照的下午,都来触摸、拍打、拥抱、跨骑这条城市之河,这一挺着一条连绵逶迤的脊柱逃向大海的流水之兽。从河的一岸到另一岸,满是各种舟船,有舢板,有帆船,一切都在攒动,一切都在震颤,船上,身穿绫罗绸缎的宾客如同光鲜的花束,喝酒游戏；一切都成了光与鼓。从东到西，从南到北，到处都飞溅和急驶着一艘艘雕有龙头的独木舟，桨手坐在船中，成百条臂膀赤裸着，听从一个魔鬼般地双手敲鼓的黄衣大汉的号令，拼了命地奋力划桨！龙舟是那么精致细巧，像是一条航迹，简直就是水流之箭，由这整整一排拦腰浸在水中的人体催动。我上船的那个岸上，一个女人正在洗衣服；用来盛衣物的红漆木盆有一边镀了金，闪闪发亮，在骄阳的暴晒下，反射出一道道金光。多么质朴的一瞥啊，给予了一道创造出的亮光，你这可尊敬的江河之日的目光。

[1903 年]

金黄时节 ①

　　整整一年里，现在是最金黄的时节！当农人在季节末尾实现了劳作的成果，换得了相应的价钱，时光来的如黄金一般，天空中，大地上，一切都发生了变化。我行走在庄稼地中，分拨开植株间的缝隙；我把下巴抵在田地之桌上，它被太阳晒得亮闪闪的；走过高山，我就爬上了谷粒之海。在它青草茵茵的两岸之间，平原就像一眼望不到边的巨大火焰，一片阳光的颜色，早先那黑暗的土地都去哪里了呢？水变成了酒；橘子闪亮在静悄悄的枝头。万物都成熟了，稻谷与干草，果实连同树叶。真正一片金色；一切都已完结，我看到一切都那么真实。在一年的辛勤热情劳作中，任何颜色全都消退无影，在我眼中，世界突然显得如同一轮红日！我！但愿我不要在最金黄的时节之前就死去。

[1905 年]

---

① 《金黄时节》(*l'Heure jaune*) 写于 1905 年 5 月，首次发表在《西方》上。其时，克洛岱尔回到法国休假。从文中描写来看，应该是秋季的景色。

解 体[1]

我重又被带往漠然的滔滔大海。当我死去时,人们就将再也不会让我痛苦了。当我葬身于我的父亲与母亲之间时,人们就将再也不会让我痛苦了。人们将不会嘲笑这一颗过于仁爱的心。在泥土之中,我那神圣的肉体将逐渐分解,但我的灵魂,就像最尖利的叫声,将安息在亚伯拉罕的怀中[2]。现在,一切全都解体了,我抬起沉重的眼皮,徒劳地在周围寻找,找我脚下早已习惯了坚实道路的那个地方,找那张残忍的脸,却始终找不到。天空不再是别的,就是云雾,就

---

[1] 这一篇《解体》(*Dissolution*)应该写于1905年4月底。发表在5月的《西方》上。其时克洛岱尔在法国休假。

[2] 据《圣经·新约·路加福音》(16:19—24)记载:"有一个财主,穿着紫色袍和细麻布衣服,天天奢华宴乐。又有一个讨饭的,名叫拉撒路,浑身生疮,被人放在财主门口,要得财主桌子上掉下来的零碎充饥,并且狗来舔他的疮。后来那讨饭的死了,被天使带去放在亚伯拉罕的怀里。财主也死了,并且埋葬了。他在阴间受痛苦,举目远远地望见亚伯拉罕,又望见拉撒路在他怀里,就喊着说:'我祖亚伯拉罕哪,可怜我吧!打发拉撒路来,用指头尖蘸点水,凉凉我的舌头,因为我在这火焰里,极其痛苦。'"

是水的空间。你看到了，一切都已解体，我在我周围徒劳地寻找条痕或形状。在天际，什么都没有，只有最浓最深颜色的终止。一切物质都聚集为独一无二的水，就像我感到正从我脸上留下的眼泪里的水。它的声音，就像睡梦之声，吹动的是对我们心中那一丝希望最无动于衷的那一切。我徒劳地寻找，我在我身外再也找不到任何什么，既没有曾为我居留地的那个地方，也没有那张我十分喜爱的脸。

〔1905年〕

仿中国小诗[*]

---

[*] 《仿中国小诗》(Petits poèmes d'après le chinois) 是克洛岱尔根据中国唐代诗人的一些诗歌的法语译文而重新改写的诗歌,大概写于 1939 年 6 月。据刊印在《巴黎评论》(La Revue de Paris) 上的说明,它们是根据曾仲鸣(中国当代文人,曾留学法国)的中国古诗法译本《冬夜的梦——唐人绝句百首》[Rêve d'une nuit d'hiver (Cent quatrains des Thang) traduits par TSEN Tson-ming, Édition Ernest Leroux, Paris, 1927] 节略改写的,同时,由克洛岱尔自己翻译或改写为英语。克洛岱尔的法语改写最早发表于 1939 年 8 月 15 日的《巴黎评论》,而他的英语译写文本,只是在伽里玛出版社出版的《克洛岱尔全集》第四卷《远东 II》(Extrême Orient II) 中才首次发表。据法国学者的研究,这一组诗的写作应该在克洛岱尔的另一组《仿中国诗补》之后。我们可以明显看出,克洛岱尔的改写与翻译的处理应该是比较灵活的。

出 发

——李白 ①

我的友人登舟已行,我俩相距越来越远

水边繁花似锦微微的雾中他消隐不见

船帆渐渐隐入在白上叠白的地平线

只见滔滔江水流向无限伸展的天边。

Parting

The gap is between us broadening a boat has carried my love away

It has vanished in the soft blue haze that hangs over the water

The white sail melts into the white horizon

The river flows up to an ever more distant sky.

——Li Taï Pé

---

① 《出发》的法语原文为"Départ"。李白原诗是《黄鹤楼送孟浩然之广陵》:"故人西辞黄鹤楼,烟花三月下扬州。孤帆远影碧空尽,唯见长江天际流。"

回乡（一）
　　——李频 ①

多长时间了，我的天，自从我离开家乡！

明媚的春光已过，杳无音信！明媚的秋色已过！

如今我回归了，我认出了家乡……

父亲，您可认出了我？——他是谁？——母亲，您可认出了我？

——是他！

Return

How long dear God how long since I left my home!

How many returning summers with no harvest of love!

How many times a mute snow on the furrows of a dumb autumn!

Now I am back I slowly recognize this land of mine

Father, 't is I—who are you? —It is I, mother—'T is he!

　　　　　　　　　　　　——Li Pin

---

① 《回乡（一）》的法语原文为"Le retour I"。关于李频的原诗，应该是唐代诗人宋之问（一说李频）的《渡汉江》："岭外音书断，经冬复历春。近乡情更怯，不敢问来人。"曾仲鸣的《冬夜的梦》中有这一首。

回乡（二）
——贺知章 ①

是我，我没有变！"喂，旅人，你从哪里来？"
为何这样瞧着我？我是原本那个人，
为何这些新面孔，没人与我来相认？
众人面面相觑："喂，旅人，你从哪里来？"

Unwelcome

'T is I. Know you me not？

                    From whence o Stranger？

Why these unfriendly looks？ 'T is I have come

Why those lips with no welcome？

                    From whence o Stranger？

                          ——Hoo Ti Chian

---

① 《回乡（二）》的法语原文为"Le retour II"。贺知章的原诗是《回乡偶书》："少小离家老大回，乡音无改鬓毛衰。儿童相见不相识，笑问客从何处来。"

月下（对歌）

——丘丹 ①

晶亮的树叶上凝结了皎皎月光
天上的一滴泪落在我的额头上
　　我的额头上落下夜露一滴！
有人在黑影中假装
　　假装在吹横笛
高高扬起了宽袖，紧紧闭住了眼皮
　　抚弄明月
假装在吹横笛……

Sheltering

Do not be so bold, says the Moon, as to trespass on my lieutenancy

Do not be so overhardy, says the Moon, as to transgress my extatic threshold!

I hear someone on the shelter of the tree playing se softly in the dulcimer

Who is so coily playing in the shelter of the trees on that phantom flute?

——Kio Tin

---

① 《月下》(对歌)的法语原文为 "A l'abri de la lune (chant alterné)"。丘丹的原诗是《和韦使君秋夜见寄》："露滴梧叶鸣，秋风桂花发。中有学仙侣，吹箫弄山月。"

招　呼
　　——崔颢 ①

"喂，那边的影子！可是你，亲爱的姐妹！

到我这里来，我独孤一个人，我管我自己叫 Mi。"

"我很遗憾！但真的没有办法！我们彼此间没有和音

唯有当我是 Fa，你才能管你自己叫 Mi！"

Mi Do

Who is floating there alongside of me down in the shadow?

"I am so lovely dear sister, come for you belong to me."

　　　　　　　　　　　　　　Mi

"No path is to found to you in the perplexing shadows

Know that you are aware of me because my name is No."

　　　　　　　　　　　　　　Do

　　　　　　　　　　——Tcho Lo

---

① 《招呼》的法语原文为"Appel"。这首中国诗的原作应该是崔颢的《长干行》："君家何处住，妾住在横塘。停船暂借问，或恐是同乡。"

目　光

——张旭①

月亮升了起来而我的灯正在熄灭

损毁的景色深处飘起一首遥远的歌

男人抬起眼睛往那高处望着爱情

"哦你，皎洁的清辉！皎洁的清辉，永远地把我浸透！"

The morning star

My lamp is failing and far away out of the dim valley

The cook crows shrilly

Pour from above on my face, o you, first born light of the morning star!

——Chang Hu

---

① 《目光》的法语原文为 "Regard"。张旭的原诗是《清溪泛舟》："旅人倚征棹，薄暮起劳歌。笑揽清溪月，清辉不厌多。"

白　霜

——李白 ①

我彻夜熟睡在月光底下

清晨睫毛上结了一层白霜。

Lying in moonshine

I am lost in a flood of whiteness I wallow in a pool of sacramental wine

Do not wake for my eyelids are glued with moonshine.

——Li Taï Pé

---

① 《白霜》的法语原文为 "La gelée blanche"。李白的原诗是《静夜思》："床前明月光，疑是地上霜。举头望明月，低头思故乡。"

飞　箭

——卢纶 ①

英雄射箭在深夜

我面前的整个世界

还有他身后数百年的千军万马

都不够用来找到它。

The arrow

Far far into the night the arrow

With the hero's great might has left the bow

Neither the whole world ahead of me

Nor countless multitudes behind me

Are able to find it ever.

——Lou Lan

---

① 《飞箭》的法语原文为"La Flèche"。卢纶的原诗是《塞下曲》之一："林暗草惊风，将军夜引弓。平明寻白羽，没在石棱中。"

蓝　夜
　　——刘长卿①

树林在我身后慢慢闭合

钟声在我身后一声声响起向我道别

我进入，上上下下，我缓缓浸入

蓝透而几近墨黛的长夜。

Blue darkness

I walk in a forest of questions to which there is no clue

I am sinking in mistery I am soaked through and through

My ear is sworn to silence my foot is matched to the Untrue

To the path which is moonshine and the Darkness which is blue.

　　　　　　　　　　——Lieou Tchang King

---

① 《蓝夜》的法语原文为"La nuit bleue"。刘长卿的原诗是《送灵澈上人》："苍苍竹林寺，杳杳钟声晚。荷笠带斜阳，青山独归远。"

皱纹的脸
————刘商 [①]

我凝望我的脸,多少皱纹刻印!那是时光留下的线!

杨柳的重负下,湖水不知不觉地在枯干。

Wrinkles

Dear my face is the mirror yellow and bellow

    Wrinkles all over

'Neath the willows water wan and shallow

    Ripples all over.

————Lieou Tcheng

[①] 《皱纹的脸》的法语原文为"Le visage ridé"。刘商的原诗是《哭萧抡》:"何处哭故人,青门水如箭。当时水头别,从此不相见。"

日光里的惆怅
　　——刘方平 ①

一丝连一丝，夕阳落入长长的一丝丝垂帘，
可有谁看得见这黄金屋中我的泪水涟涟？

The palace a-flame

Patiently from the foot the fiery ball of the sun is scaling down each line of the long shutter

Who is looking at me as I stan crying in the midst of my flaming palace?

——Lieou Fan Pin

---

① 《日光里的惆怅》的法语原文为"Désespoir dans le soleil"。刘方平的原诗是《春怨》："纱窗日落渐黄昏，金屋无人见泪痕。寂寞空庭春欲晚，梨花满地不开门。"

赠 剑
——贾岛 ①

我赠青锋剑,砥砺磨十年!

锋刃何其利,削铁如切泥

把剑送与君,佩此最相宜!

皆因路不平,世道本艰险。

The gift of the sword

Ten years have elapsed since I lick and lick my sword

A beautiful blade indeed of which the hilt is a word

Please accept it from me, perhaps you need it so hard!

——Kia Tao

---

① 《赠剑》的法语原文为"Don de l'épée"。贾岛的原诗是《剑客》:"十年磨一剑,霜刃未曾试。今日把示君,谁有不平事。"

荒　山
　　——顾况 ①

冷月悬挂在险峰的握拳

凄凉的花园中落叶纷纷

劲风阵阵袭来，树林簌簌摇撼

畏惧山中的猛虎，我上闩关门。

A cruel autumn

A precipituous moon is bouncing through the harrowing mountain

Disconsolate leaves one by one in my garden are leaving the trees

The storm is a-raging through the forest as a whinnying tiger…

I shut and bar the door

　　　　　　　Tigers outside

　　　　　　　　　　——Kou Fong

---

① 《荒山》的法语原文为"Sur une montagne sauvage"。顾况的原诗是《山中夜宿》："凉月挂层峰，萝林落叶重。掩关深畏虎，风起撼长松。"

杜　鹃

——无名氏①

兵马一路北行,终日穿越小村,兵马行进一路不停。

眼下征人的影子全已消隐,村人在自家门口凝望

请听,杜鹃正在鞑靼人的密林深处高唱!

The cuckoo

The troops have gone North.

The whole day long they tramped the village.

Now silence has come and the road stand desert

And the villagers speechless and awestruck on their thresholds

Listen for the cuckoo who is cuckooing away in the forest of Tartary.

---

① 《杜鹃》的法语原文为"Le Coucou"。原诗待查,有可能是《杂诗》:"近寒食雨草萋萋,著麦苗风柳映堤;等是有家归未得,杜鹃休向耳边啼。"

塞下曲（一）
——卢纶 ①

战役已获大胜，正该举杯痛饮

胜者败者齐聚，输家赢家共庆

足蹈营帐篝火，手舞甲胄黄金！

远方战鼓如雷，唤醒群山回音！

War song

The battle is done and won

The time to eat and drink has come

The victors and vanquished embrace to celebrate victory and defeat

They dance ponderously in the light of the camp fires

And the long rumbling roll of the drums is like unto thunder awaking echoes in the mountain.

——Lou Lan

---

① 《塞下曲（一）》的法文原文为"Chant de guerre I"。卢纶的原诗是《塞下曲》(之一)："野幕蔽琼筵，羌戎贺劳旋。醉和金甲舞，雷鼓动山川。"

塞下曲（二）

——卢纶 ①

掠过红色的月亮群雁当空高飞

"是他！敌酋逃跑了……快追！"

战骑嘶鸣英雄策马飞奔而追

瞧他，在嘶鸣的战骑上飞驰，滚滚烟尘一路相随！

Another war song

A straight fight of wild ducks across the blood and red moon

The enemy chief has flown！Here！Here！Don't you see him?

The hero leaps to his prancing steed in pursuit.

Look at him on his whinnying charger

As he vanishes in a cloud of dust！

——Lou Lan

---

① 《塞下曲（二）》的法文原文为"Chant de guerre II"。卢纶的原诗是《塞下曲》(之一)："月黑雁飞高，单于夜遁逃。欲将轻骑逐，大雪满弓刀。"

喜满小径

——裴迪 ①

我独行，景色渐变，但小径绵延不断

多少次疑心要迷路，多少次又见它重现，

小径尽头有人等，我知我为他而行！

啊，别让我离开这充满喜悦的小径！

The exquisite trail

I lost it twenty times twenty times I found it again

I faded away twenty times under my feet twenty times I tried to lose it in vain

Who started it I don't know and stopping is of not avail

Some one is waiting for me！Ah may never my sole be disjoined from this happy trail.

——Py Ti

---

① 《喜满小径》的法语原文为"Le sentier plein de délices"。裴迪的原诗可能是《鹿柴》："日夕见寒山，便为独往客。不知深林事，但有麏麚迹。"但也可能是《木兰柴》："苍苍落日诗，鸟声乱溪水。缘溪路转深，幽兴何时已。"曾仲鸣所译的《冬夜的梦》中有这二首。

金缕衣
——贺知章 ①

别再惋惜您的金缕衣!

惋惜一下这张脸,您的脸还在镜中,他的脸却已不再

这双重的脸镜中只剩一张,他的脸已经消失

别再惋惜您的金缕衣!

The gold embroidered robe

Sorrow for that gold embroidered robe is undue

Be sorry for that face in the mirror which will gaze at you no more

That face under yours in the mirror which will emerge no more

Sorrow not for that long forgotten time!

——Hao Ti Chian

---

① 《金缕衣》的法语为"La Robe brodée d'or"。克洛岱尔写明是贺知章的诗。但译者认为不是贺知章的,从译文的意境可推测为杜秋娘(一说佚名)的《金缕衣》:"劝君莫惜金缕衣,劝君惜取少年时。花开堪折直须折,莫待无花空折枝。"曾仲鸣所译的唐人绝句百首《冬夜的梦》中有这一首,署名为"杜秋娘"(Tou Chio-lian),或许克洛岱尔误认作"贺知章"(Hao Ti Chian)。

水底的乐班
　　——佚名 ①

我返回衰老的古船我划桨劈开波澜涟漪

我身后是红色的天空水面倒映出都城的辉煌

独自一人真快乐我与吱嘎响的小船紧紧相依

不时地俯身我听到水底混杂的乐班琴瑟奏响

The orchestra under the water

Back to my old decrepit boat I bind over the oars

Behind me a red glow in the sky and the immense illuminated city mirrored in the glassy stream

An emanating glamour of dull life and no music as far as my intent ear may heed

Alone at last! What a relief! I am one with the old bitch under me which is creaking and bumping and groaning

And I stick my ear under me to the mumbling of a disconnected or chestra.

---

① 《水底的乐班》法语原文为"L'Orchestre au fond de l'eau"。原诗不详,待查。

250

冰 河

——柳宗元①

千山纹丝不动无一鸟飞翔!

万路两行车辙无一人行旅!

渔翁独坐在那冰河的中央,

钓一条暗流底下乌有的鱼!

The frozen river

The long slow lines of the mountains swelling

The long snow trail of the path passing

And the bewitched fisherman in the midst of the frozen river

Alluring from the secret river an abstract fish.

——Lieou Toung yen

---

① 《冰河》的法语原文为"La Rivière gelée"。柳宗元的原诗是《江雪》: "千山鸟飞绝,万径人踪灭。孤舟蓑笠翁,独钓寒江雪。"

钟　声

——李家祐 ①

当山里的钟声渐渐地消散，

我心里的钟声才开始响起。

The bell

Hark as it rolls over the mountains this wave of rumbling thunder

—Another wave from the depths of my soul in surging to meet it and mumbling under.

——Li Ka yo

---

① 《钟声》的法语原文是"Le son de la cloche"。李家祐的原诗是《远寺钟》："疏钟何处来，度竹兼拂水。渐逐微风敛，依依犹在耳。"

两重的目光
——佚名 [1]

透过面前的树枝我以为看到有眼睛正在瞧着我

快点儿,我匆匆疾行!

透过背后的树枝我知道有眼睛还在瞧着我。

Another pair of eyes

I saw a pair of dark eyes gazing at me through the tangle of branches ahead of me.

I rush   Who is there?

Hush!

I stand aware of another pair of eyes at my back.

---

[1] 《两重的目光》的法语原文是"Double regard"。原诗不详,待查。

仿中国诗补[*]

---

[*] 据法国研究者考据,这些《仿中国诗补》(*Autres poèmes d'après le chinois*)大都是诗人克洛岱尔准备《法国诗歌与远东》报告时翻译改写的,写于1937年前后,略略早于《仿中国小诗》的写作,但与《仿中国小诗》几乎是在同一时期陆续发表的。诗歌改写依据的本子是19世纪时法国女诗人俞第德·戈蒂埃(Judith Gautier,著名诗人泰奥菲尔·戈蒂埃的女儿)所翻译的《玉书》(*Le Livre de Jade*,Première édition Lemerre,Paris,1867)。克洛岱尔的改写几乎全都直接手写在那本书的页边,但也有一份誊写过的手稿,共12页,标明的日期是1937年11月。从发表的情况来看,其中有10首,曾经在讲座《法国诗歌与远东》(1937年12月15日)上朗读,随后发表于《Conferencia》(1838年3月15日)。又有3首,最早发表于《文学新闻》(1938年4月7日)。另外几首则首发于《费加罗文学》。可以明显看出,克洛岱尔的译写比较自由,而且是在俞第德译本基础上的改写,故而与原本的汉诗有很大不同。

竹林里 ①
——苏东坡 ②

在喧动的竹林里
一根红渔竿支起

相信鸭子的暖感
夏季来得不太晚

我们的小园遍长了
蒌蒿与芹菜
萝卜与生菜

再没有比从融雪之水
钓得的鱼更鲜的美味。

---

① 《竹林里》法语为"Parmi les bambous"。这首诗最初发表于《Conferencia》，题为《景色》(*Paysage*)，后又发表在1938年的《文学新闻》上，无题。后又发表在1946年5月11日的《费加罗文学》上，题为《景色》。
② 苏东坡的原诗是《春江水暖》："竹外桃花三两枝，春江水暖鸭先知。蒌蒿满地芦芽短，正是河豚欲上时。"

江　上①

——张若虚②

天上只有那一片孤云

江上只有我一叶扁舟

瞧这一轮明月才露面

在天空中，在江面上

天上便不那么昏暗

我心中便不那么忧伤。

---

① 《江上》法语为"Sur la rivière"。这首诗最早发表在1938年的《文学新闻》上，后又发表在1946年9月7日的《费加罗文学》上。
② 张若虚的原诗是《春江花月夜》，原诗较长，兹不录。

圆　月 [1]
——李巕 [2]

圆月从水面升起

友人在船上聚齐

大海如一个托盘

一杯杯热酒喝得酣畅淋漓

那是什么，天上小小的云彩？

有人说那是一群身穿白衣的宫娥。

又有人说那是一群白羽毛的天鹅！

天上有一大群白羽毛的天鹅！

有人说天上的小小白云

那真像一大群白羽毛的天鹅！

---

[1] 《圆月》法语为"La pleine lune"。这首诗最初发表于《Conferencia》，题为《云彩》(Nuages)，又发表在《文学新闻》上，题为《海上生明月》(Clair de lune sur la mer)。后又发表在1946年9月7日的《费加罗文学》上，有一两处细节上的变动。
[2] 李巕原诗可能是《林园秋夜作》："林卧避残暑，白云长在天。赏心既如此，对酒非徒然。月色遍秋露，竹声兼夜泉。凉风怀袖里，兹意与谁传。"

柳　叶 [1]
——张九龄 [2]

我的诗琴，这一回，真是奇怪

竟不听从指尖的弹拨

但我的心已经感动

但我的心已经感动

被一片柳叶！

---

[1] 《柳叶》法语为 "La feuille de saule"。这首诗最早发表在《Conferencia》上，后又发表在 1946 年 5 月 11 日的《费加罗文学》上。

[2] 原诗大概是张九龄的《折杨柳》："纤纤折杨柳，持此寄情人。一枝何足贵，怜是故园春。迟景那能久，芳菲不及新。更愁征戍客，容鬓老边尘。"但存疑。

少年行 ①
——李白 ②

俊朗少年何其美
风度翩翩策马飞!

向前,穿越着人生!
迎着太阳迎着风!

迎着空荡荡的乡间
一路飞奔勇往直前!

在他洒脱的马蹄下
花瓣纷纷飞落旋转!

恰如飞雪纷纷落地!
他停住马。我在哪里,我去哪里?

此时他听到传来笑声

一阵女人的轻柔笑声
隐隐飘在桃花丛中!

---

① 《少年行》法语为"Jeunesse"。这首诗的发表情况同上一首《柳叶》。
② 李白原诗是《少年行》:"五陵年少金市东,银鞍白马度春风。落花踏尽游何处,笑入胡姬酒肆中。"

情人星 ①

————佚名 ②

在灿烂天河的岸边
情人怯怯地迈步向前

迢迢星汉把他们阻拦
心爱的人留在银河对岸

但是他,一见她的影踪
一只脚就悬在了空中!

---

① 《情人星》法语为 "Les deux amants"。这首诗最早发表在《Conferencia》上,后又发表在 1946 年 9 月 7 日的《费加罗文学》上。
② 原诗是《古诗十九首》之一:"迢迢牵牛星,皎皎河汉女。纤纤擢素手,札札弄机杼。终日不成章,泣涕零如雨。河汉清且浅,相去复几许?盈盈一水间,脉脉不得语。"

渔　人[①]
——李白[②]

鸟儿急速地拍打翅膀
掠过水面上一片空旷

太快了，鱼儿还没有
咬上幻觉中的鱼钩

树木混杂了银白与金色
酿成的色彩有多么奇特

沾满黄粉的蜜蜂
飞在绽开的花丛

你看，渔人钓鱼，而诗人
我则采撷了这篇诗文

然后我为你献上，就如
送给燕子的情侣。

---

① 《渔人》法语为"Le pêcheur"。这首诗最初发表在《Conferencia》上。
② 据专家研究，李白的原诗应该是《早春寄王汉阳》："闻道春还未相识，走傍寒梅访消息。昨夜东风入武阳，陌头杨柳黄金色。碧水浩浩云茫茫，美人不来空断肠。预拂青山一片石，与君连日醉壶觞。"俞第德的《玉书》中有这一首。

客舍月 ①
——佚名 ②

月亮升起：卧室内
镜中依然一片昏黑

但是窗边已出现
一丝微光，然后，一条射线，

再然后，迟疑，歪斜，苍白，
污脏镜子中的未来！

---

① 《客舍月》法语为"La lune à l'auberge"。这首诗发表在《Conferencia》上。
② 这里的佚名词作，有可能是李清照的《念奴娇·春情》，其中原词中最后几句是："被冷香消新梦觉，不许愁人不起。清露晨流，新桐初引，多少游春意。日高烟敛，更看今日晴未。"俞第德的《玉书》中有这一首，题目为《春寒》。存疑。

绝　望①
——李清照②

呼叫！呼叫！

哀求！哀求！

等待！等待！

做梦！做梦！做梦！

哭泣！哭泣！哭泣！

痛苦！痛苦！痛苦！我的心！

依然！依然！

永远！永远！永远！

内心！内心！

忧伤！忧伤！

生存！生存！

死去！死去！死去！死去！

---

① 《绝望》法语为"Désespoir"。这首诗发表在《Conferencia》上。
② 李清照的原词是《声声慢·寻寻觅觅》："寻寻觅觅，冷冷清清，凄凄惨惨戚戚。乍暖还寒时候，最难将息。三杯两盏淡酒，怎敌他晚来风急？雁过也，正伤心，却是旧时相识。// 满地黄花堆积。憔悴损，如今有谁堪摘？守着窗儿，独自怎生得黑？梧桐更兼细雨，到黄昏，点点滴滴。这次第，怎一个愁字了得！"克洛岱尔的仿作可谓十分大胆，十分奇特。

橘叶的影子①
——丁敦龄②

橘叶的疏影

在轻柔的膝上温存

就仿佛有人

撕碎了我的丝裙!

---

① 《橘叶的影子》法语为 "L'Ombre des feuilles d'oranger"。这首诗发表在《Conferencia》上。
② 丁敦龄（生活时代 19 世纪）是一个在法国巴黎漂泊的中国人，曾经教著名诗人泰奥菲尔·戈蒂埃的女儿俞第德·戈蒂埃学习汉语。俞第德所翻译的《玉书》中就有丁敦龄自己写的诗，这首《橘叶的影子》便是。

心中之房屋 ①

——杜甫 ②

火焰早已吞噬
我的故乡祖屋

我登上我的画舫
只为排泄胸中的愁楚

我吹起我的雕花长箫
愁月被一片云彩蒙住

此刻明月又钻出云层
桨底的水波流光漂浮

我低头俯瞰大海

---

① 《心中之房屋》法语为"La maison dans le coeur"。这首诗发表在《Conferencia》上。
② 杜甫的原诗可能是《吹笛》："吹笛秋山风月清，谁家巧作断肠声。风飘律吕相和切，月傍关山几处明。胡骑中宵堪北走，武陵一曲想南征。故园杨柳今摇落，何得愁中曲尽生。"日本研究专家门田真知子认为，杜甫的原诗是《登楼》："花近高楼伤客心，万方多难此登临。锦江春色来天地，玉垒浮云变古今。北极朝廷终不改，西山寇盗莫相侵。可怜后主还祠庙，日暮聊为梁甫吟。"

满心是涩涩的痛苦

我看到水面上有一女子
忽上忽下如画如图

姣好的面容透着月光
浓密的发辫又黑又乌

假如你愿意,我的姐妹
我们就在你心中筑一个屋!

那边一个女人在歌唱 [1]
——张若虚 [2]

那边一个女人在歌唱：
谁都不如这道明月之光

谁还需要另一个面容
除了一轮皓月当空？

从中射出一道长长的光
足以照到我的身上

一条黄金与麻的长线
那边的嗓音停止万物酣眠

一条丝绸与爱的长线
它在闪光，而我看见

它在闪光它很满意
对诗人的目光如此在意。

---

[1] 《那边一个女人在歌唱》法语为"Là-bas une femme chante"。这首诗以及后面的几首，在收入《克洛岱尔作品全集》之前，没有单独发表过。
[2] 张若虚的原诗应该是《春江花月夜》中的几句："可怜楼上月徘徊，应照离人妆镜台。玉户帘中卷不去，捣衣砧上拂还来。此时相望不相闻，愿逐月华流照君。鸿雁长飞光不度，鱼龙潜跃水成文。"

醉　文 ①
——杜甫 ②

自为文学而沉醉
我欲高歌唱自然

蓝色的大海蓝色的天
值得写一美妙的诗篇

万物都在笑，万物皆悠闲
我如在自家，岛上活神仙

我眺望了所有的一切
我记下了这些和那些

然后我挥动灵巧画笔
描绘这一片风光迤逦

然当我刚刚把头抬起
则是一片暴风雨来袭！

---

① 《醉文》法语为"Ivre de littérature"。
② 杜甫的原诗疑为《秋日寄题郑监湖上亭》三首。其二其三有诗句："新作湖边宅，远闻宾客过。""赋诗分气象，佳句莫频频。"其意境分明相似。杜甫又有诗《携妓纳凉晚际遇雨》(其一) 曰："片云头上黑，应是雨催诗"，也有类似意境。

哦，可怜的居民 ①

——Tchen Tsé Taï ②

哦伟大祖国的可怜居民！
你们是战争的牺牲品！
当我想起你们的悲惨
我忧伤的心就变得黯淡！

这样的估量是不是充分？
何时盼来拯救的时分？
何时盼来命定的救主
把我们从苦难中救出？

在风云震荡的天空中央
滚滚雷电与浓浓烟雾之间
出现了一羽洁白的翅膀……
它将停落到谁家的屋檐？

---

① 《哦，可怜的居民》法语原文为"O pauvres habitants"。
② 原诗不详，待查。《玉书》中，这一首题为《鹳》(*La cigogne*) 的诗的作者为 Tchen-Tsé-Tsi。

我想写 ①
——张若虚 ②

我想写几行诗句
但这杨柳,它是那么绿!

我想拿起我的笔
但这春天,它是那么美丽!

早就开始的暗喻
实已消散飘逸。

一朵难以捉摸的花
刚刚散发出幽香

就被我那亮眼睛的女郎
微笑着驱散得无影无踪!

---

① 《我想写》法语为"J'ai voulu écrire"。
② 张若虚的原诗大概是《春江花月夜》中的几句:"昨夜闲潭梦落花,可怜春半不还家。江水流春去欲尽,江潭落月复西斜。"

晴　日①
——张籍②

大好晴日，为何还要写作？
瞧这夏天早已炎日灼灼

就让河水流走一去不返
就让水流噤声微笑无言

树木四下里乱晃乱摇
就像诗人在静心思考

一根手指犹疑迟迟
起始复又重头起始

你，为什么这般烦恼？
就让影子替你画描

一个模糊沉睡的字

---

① 《晴日》法语为"Il fait beau"。
② 张籍的原诗待查，有人认为是《秋思》："洛阳城里见秋风，欲作家书意万重。复恐匆匆说不尽，行人临发又开封。"

就落在白色的绢纸

我建议增添,而她却省略
——这,这就是文学!

诗人,来点墨 ①
——李白 ②

诗人,来点墨吧,我能不能
什么都不用,只用一点雪!

刚刚落到纸上
诗句就叶落花谢

他说,我的诗句,将万古流芳
说这话的是一个目光短浅的同行

于我而言,纸上的词语
就像是一朵朵梅花

而我的愉悦也一样
看到它们在阳光中融化!

---

① 《诗人,来点墨》法语为"Pour encre,poète"。
② 这首诗应该是根据《玉书》中署名"李太白"的题为《永恒的字》(Les Caractères éternels)的诗而改写的,但李白的原诗不详,待查。

散诗重拾(选)*

---

* 《散诗重拾》(*Poèmes retrouvés*)中的诗歌都是曾经单独发表过,但并不收于专门诗集中的作品,现选其中若干与中国有关的几篇译出,依据的版本为《克洛岱尔诗歌集》(Paul Claudel: *Oeuvre poétique*, Bibliothèque de la Pléiade, NRF, 1967)。

圆瓶的馈礼 [1]

喝吧！我给你这个瓶子圆得如同一轮明月。
当你来到其中时你将看到大海从杯中涌起。
随着每口水进入喉咙你能看见远处的白帆！
当你屈膝弯腰尽情地吮吸瓶中最后的几滴，
弯曲的山脊随积雪越出杯沿触及你正中的额头。
而我根本就不说饮水，对你的心就像森林的黑暗。
用双手拿走它吧，因为深厚它才溢满。
拿走它吧，我对你说！拿走它！拿走！拿走！

[1893]

---

[1] 克洛岱尔的《圆瓶的馈礼》(*Don du vase rond*) 这首诗写于他 1893 年来中国之前，1894 年发表于一份叫《自由想法》(*L'Idée libre*) 的杂志。克洛岱尔曾在其书信中跟人谈到过这一首诗的题目的起源："一个诗人喝酒时，看到富士山的形象就在渐渐喝空的酒杯底部慢慢升起。"（见《克洛岱尔诗歌集》, Paul Claudel：*Oeuvre poétique*, Bibliothèque de la Pléiade, NRF, 1967, p.1195.）这应该是诗人写的最早的关于东亚的诗意形象之一。

一次拍卖[①]

旅行者的目光和双手一开始纷纷投向美丽的物品，它们就摆在两排平行着摆开的长桌子上，呈现出一种可爱而又奢华的混乱。根据智者老子的学说，假若所有神圣庄严的事物中都有一种空无，那么就得承认，中国的陶器匠在制作这中空的物件时真是挖空了心思，这中央的空洞，实在就是民族之魂，一种真正配得上所蕴含之奥秘的容器。各位，请你们好好瞧一瞧啦，这一只中国花盆，它跟阿拉伯或希腊的同类花盆完全不同，从外部来看，根本看不出有什么用场。它丝毫用处都没有，它什么都不能倾倒，也什么都不能装。但是，它的无用性又是那么的美！那里，在那些桌子上，我看到了各种各样的形状，各种各样的轮廓，从杨柳纤腰般又长又细的双耳尖底瓮，到又矮又

[①] 《一次拍卖》(*Une Vente*)这首诗曾发表于1952年版本的《认识东方》中，为增补的篇目。据有关研究认为，它最早发表于1898年3月10日在上海发行的法文报纸《中法新汇报》(*l'Echo de Chine*)。

壮又圆又鼓的瓷罐，从各种粗壮的坛坛罐罐，到脆弱的有盖长颈壶，从形形色色的瓶瓶瓮瓮，到易碎的汤碗，再到加工得如首饰一般细腻、宝石一般闪烁光芒的小杯。还有五颜六色的光彩，从康熙朝正午之海或曰午夜之天的深邃的碧蓝，到血一般鲜艳的牡丹之红，从犹大毛发之棕红，到月光之皎洁，从青瓷般的灰绿，到病态的玫瑰红，再到刺激神经的明黄，从乾隆朝浑朴的醇厚，到道光朝萎靡不振的矫揉造作。那些纯粹得无可挑剔的物件仿佛刚刚出炉，贞洁而又赤裸，出自故乡之火，还有那些单色调的茶杯，其细腻平滑的纹理有着婴儿脸蛋一般的柔和，还有那些圆鼓鼓的壶，其表面的彩釉给了它一种明眸般的清爽，一种光明普照般的包裹。但是，我心中的最爱还是属于那个优美的陶瓷柱子！它的底盘是一种乳白，像是渗透了光明的一片天空；能看到内中有山岩、树木、大鸟，而太阳，却显得很小很小；但这些细节非但没有平淡无奇地贴在一幅画布上，反而让色调和形状随着这个圆柱体在我手中上下左右的运动而变化万千；而当我的目光回到它的出发点时，我仿佛觉得，我在蓬莱仙境般的乡村之中刚刚结束了一次幸福的漫步。

此时，大厅中早已顾客盈门。上海的所有古董商全都来了。阿里巴巴和四十大盗。看到这些瓷瓶行家带着一种如此的热情来争论，甚至就一个极其细微的碎片争得不可开交，看客们恐怕会说，他们千方百计想得到的，是他们自己一时间几成空巢的家，那样才好把珐琅器皿请回家里。我看到了一个吸鸦片者才有的那样一张瘦脸，以及他唇角边上那些松弛的线条，让人还以为是用雕刻刀描上去的，原来是一种萨摩烧①工艺的结果。我认出了那个好心人蓝采和②，根据商品名录上的说法，他的性别不得而知，而在那个角落里，则是三个象征幸福、长寿和财富的神仙：福禄寿；寿仙忘记了他的母鹿，福仙忘记了他的仙鹤；相反，禄仙的脸上则长了一个很大的瘤子，像是一个高高鼓起的肉囊，很奢华地被一块天蓝色的绸缎盖住③。当地的一个大商人出现了：胖胖的身子，厚厚的皮肤，让人在他那宽若银盆的大脸上只看到一道皱褶，这道皱褶很好地帮他稳定住了叼在嘴角上的一截雪茄。他冷静得就像一件陶器，端详了一番我边上那个人，一个风度翩翩的青年男子，穿了一件樱桃色的上衣，病态的面容上显现出一种乌龙茶泡得淡了的颜

---

① 萨摩烧（satsuma）是一种乳色的日本陶器，带有精美的龟裂釉面，以及精细的彩色和文金装饰图案。于18世纪末在日本九州岛的萨摩开始生产。
② 蓝采和为中国民间故事"八仙过海"中的人物，八仙之一。
③ 我们通常见到的是，寿仙的额头上有一个大肉瘤。

色：这一位则从容不迫，细长的嘴唇向前突出，像是一条冬穴鱼的嘴，他显出一副很灵巧的样子，伸出一只戴了戒指的手，正专注地在他商品名录的边缘写着一串数字。

一阵庄严的寂静降临了。漂亮收藏品中的某一件就要开始拍卖了，这是一个乾隆年间的方形花盆，带有牡丹花图案，属于玫瑰红一族，一件官窑品。每个人都过来朝它瞥去最后一眼，心里都在暗暗地打着一面小算盘，任何一个好心的中国人心中都会有这样的算珠，这就像是——几乎可以这么说——在白斑狗鱼的脑袋里找到了激情的武器。掌眼之后，众人便稳稳地坐回到原先的位子。终于，有一个笨伯模样的大胖子，以一种颇具挑战性的调子，大声地吼了一嗓子，就仿佛，他想一下子便击败所有的对手，而他那不合时宜的突然爆发，也让整个场面充满了喜剧气氛："二十五两！""五十两！"拍卖师在众人的笑声中答道。竞价当即开始，气氛顿时热烈起来。

很快，价格上升到了一百两，二百两。到了三百两的时候，竞争的范围受到了一些限制，而到了三百五十两的口上，它就留在了两个爱好者之间，他俩所展示的各自人物的样本，从一张脸的样式来看，分别有所不同，一个是一种旧黄金的颜色，表面蒙了好些灰尘，一个则是三文鱼或旧玫瑰的色调，就像《两世界杂志》的封面那样①。

"三百五十两！"旧黄金说。

"三百六十五两！"旧玫瑰寸步不让。

旧黄金的眼皮痉挛一般地跳动不已，仿佛他看到了炮口中一片火光冒出。

"三百七十两！"他叫嚷道，又重新睁开了眼睛。

"三百八十两！"旧玫瑰说。

"Three hundred and eighty taels！"拍卖师叫嚷道。"Three hundred and eighty taels！ three hundred and eighty taels, this fine Kim long！"②

群情激昂。人们围绕着那个花盆乱成一团。一个老人一把把它抱在怀里，眼镜被一下子顶到了额头上，活像是在用两双眼睛仔细打量着它。

"三百八十五两！"旧黄金说。

"三百九十两！"旧玫瑰说。

这时，旧黄金作出了一个重大突破：

"四百两！"

这一回，对手服软了。拍卖师一个劲地嚷嚷着鼓

---

① 《两世界杂志》是一本法语文学、文化和政治月刊，自1829年起在巴黎出版。其封面的颜色为一种土黄色。
② 英语。意思是"三百八十两！只出三百八十两！这么漂亮的乾隆年的货！"

励他，但白费了劲，他噤声不语了。锤子举了起来，它就将敲下去……但是不，失败者抬起了头，他张开了嘴……将要发生什么事？焦虑攫住了所有人的心；人们听到一只苍蝇在嗡嗡乱飞。但是旧黄金什么话都没有说，他既豁达大度地让位于他的理性，又心满意足地让位给他的胃，他打了个嗝。

[1898年3月]

盘子和小瓶[1]

那位中国大师并没有把自己的脸转向大自然，而是一边把玩着手里的盘子，一边看着这面晶亮镜子的凹面中充满的灿烂的日光。

就像是淘金人仔细地洗着沙，通过慢慢地转动手里的圆盘，他找到了那种技艺，可以说是在滗析光线，从中捕获辉光与虹彩；很快，在他耐心的目光底下，世界的景象前来描绘出，前来刻画在这白色的底层中，它吸收了光却没有熄灭光，它更是在吸纳光，而不是在回传光。他从中看到出现了绵延起伏的山冈，云彩和太阳，湖泊和湖上渔人，乡野及其村落，展翅开屏的孔雀，鲜艳夺目的花束；这一切含含糊糊地在一团金色的光晕之中，在彩釉底下浸润开来，渐渐地变得高雅优美，披挂上了奢华的丝绸，王孙与贵

---

[1] 这一篇《盘子和小瓶》(*Plats et Fioles*) 最早发表于1898年5月23日的《中法新汇报》，1952年曾一度收入集子《认识东方》中。法国的一些研究者始终弄不明白，这一篇为何此后就没有再度收入到《认识东方》中去。

族，绅士与贵妇，神仙与武士，日常生活与传奇故事的种种图像，无论是残酷战争的，还是冒险经历的，一个个，全都活灵活现地出来了。吝啬的边框弯曲起来，将它所围绕的场景集中得更为紧凑。

而为了我们的乐趣，陶工很善于通过火的作用，把在一种永不变质的光线内部的这些奇幻景象全都固定在他那魔镜上。

就这样，我的朋友从他那些大箱子中取出足够用于一次神奇而又广阔的漫步的材料。就彩色的盛宴而言，一百个盘子对我们已经很合适了，但是这还不够；中国艺术很善于就在元素诞生的地方抓住它本身，它还把天空和空气都装进了瓶子。我们蹲在地板上，把整整一套小玻璃瓶从五斗柜最后的那个抽屉里拿出来。

对那些陶罐，那些景泰蓝小饰品，那些火红的和单色调的洋葱状工艺品，那些糟玻璃瓶，那些砂金石，我颇有些不屑一顾；甚至对那些在层层重叠的玻璃中清晰勾勒出轮廓的唐三彩饰品，我也只是匆匆一瞥了之；我充满善意的目光停住了，我的手汲取着一系列的色调。中国人善于在这些细小的瓶子中让时间的所有细微变化，让白日里所有的时辰全都稳稳地滞留，就像是一种美妙的液体。这一纯真的祖母绿，似乎浸透了一丝丝皎洁而密集的月光，几乎就可以说，那是晶莹剔透的夜光；黎明的整个欢乐闪耀在了这些光玉髓的鲜红色彩中，而清晨的整个宁静则就在青金石的湛蓝中；但眼前的这些紫水晶，分明是午后的忧伤，而这玛瑙，仿佛就切开在一种热带水果那多汁的果肉中，放射出夕阳中蕴含的一切灿烂光辉。另外还有一些宝石，呈现出迷雾的种种样式。瞧，这些浓密而又浑浊的蒸汽沉甸甸地笼罩在浩荡的江流上、大海上、辽阔的平原上；只是在把小瓶子的圆肚子亮在光线中时，人们才发觉，村庄与树林全都凹印在了浓厚的灰颜色中。这些水晶，像是某些秋日的早晨，似乎混淆了一种泛黄或发绿的烟雾。而别处，那是山冈和丛林中轻柔的薄雾；这些晶煤或铁矿的闪光片则像新抽芽的嫩叶，若隐若现，若有似无，勉强才能瞥见。而另一些宝石，则显得空空的，像是空气本身，唯有人的手才能确认其存在。

然而，这些小瓶子命定只有一种用处，就是装烟丝。中国人认定，若想要跟那些烟丝烟末相配，那就没有什么材料会太贵重，没有什么艺术创造会足够微妙，因为那烟末能以其拯救性的爆发，让我们浑身为之一振，由此驱赶不适与忧虑，帮我们尽可能地拥有一颗宁静而又纯真的心。

[1898年5月]

宋朝的铜器 [1]

一切新的东西都让我们震惊，一切我们不理解的东西都刺激着我们，让我们闷闷不快，让我们惶惶不安。公众面对带有独特性的种种尝试时的冒犯，往往是出自一种直觉的和合法的情感，恰如一匹马在打桩机面前表现出的惶恐，而尽管这些尝试是那么的隐约，那么的腼腆，却还是会时不时地在我们衰退的艺术中出现。然而，一个现代人的脑子很少会有那样的复杂性，闹得我们无法梳理清楚；但是当一种几乎彻底湮灭的文明在暗中留传给了我们时，因为缺少肯定性的历史古迹和书籍文献，手头只剩下一些遗物，依稀能见其魔幻、其梦幻的朦胧影子，故而，我们并不掌握破解古代疑谜的关键钥匙。然而，阿兹特克人的

---

[1] 本篇《宋朝的铜器》(*Bronze des Song*) 第一次发表于 1899 年 2 月 27 日的《中法新汇报》，也曾一度收入 1952 年版的集子《认识东方》中。

陶器也好，伊特鲁里亚人或佩拉斯戈人①墓穴中的陪葬器具也好，丝毫都不比我们这位主人收藏的怪异航船有更多令人吃惊之处，那天晚上，主人家兴致勃勃地为我们把他玻璃柜里头的那些坛坛罐罐的藏品都拿了出来。

因为，我们是在他那里看到这些举世无双的宋朝铜器收藏品的第一拨人，这些藏品，既因其细腻精致的趣味，也因其千载难逢的运气，有朝一日将成为某个王家博物馆的装饰品，就跟博斯科雷亚莱②或迈锡尼③的珍宝那样举世闻名。我们终于能够带着一种足够的比较视角，并且从其发展的整个经济层面，第一次好好地研究一下这一奇特的艺术了，要知道，日本和中国的整个铜器工艺都是从这里汲取灵感和基础的呢。

第一个感觉，我已经说过了，就是惊讶，而且几乎可说是困惑。首先，这一粗犷敦实的工艺的意义和标准同时令我们摸不着头脑，这些铸块和这些圆球的

---

① 阿兹特克人（Aztèques）是北美洲南部墨西哥人数最多的一支印第安人，多信阿兹特克原始宗教众神。伊特鲁里亚人（Étrusques）是古代意大利西北部地区伊特鲁里亚的古老民族。佩拉斯戈人（Pélasges）是古希腊人对最早在希腊土地上生活的古老土著的称呼。
② 博斯科雷亚莱（Boscoreale），是意大利那不勒斯的一个地方。
③ 迈锡尼（Mycènes）是位于希腊伯罗奔尼撒半岛东北阿尔戈斯平原上的一座古城遗址，位于科林斯和阿尔戈斯之间。它是荷马史诗传说中亚该亚人的都城，由珀耳修斯所建，在特洛伊战争时期由阿伽门农所统治。

笨重，陪葬功能上的怪诞荒唐，带有侮辱含义的独特性，形式上过度的偏执守旧，这一切让我们实在有些目瞪口呆，张皇失措。至多，我们会看重金属的美，其厚实而又清脆的内瓤，隐含了最丰富的质地，在连续众多世纪的作用下，显示出大理石一般的斑纹，暗绿发黑的氧化物，内中还透出丝丝缕缕的蓝纹；至多，我们会欣赏黑金乌银的镶嵌，龙飞凤舞的图案，从中散发出一种简洁而又实在的优雅，其清晰而又肥钝的骨架错落有致，蕴含了一种植物般的纯净脉络。

与此同时，眼睛渐渐地习惯了这些在手里被翻来覆去掂量的怪物，很快地，惊讶和迷惑变成了一种不乏迟疑与困惑的珍视。总之，我仿佛觉得，我钻入了这些令人赞赏的物品的某种意义之中。欧洲艺术在今天缩简成了某种复制，经常是那么的冷冰冰，流于俗套，依靠一些低下的科学实践，以及各种各样的工业化烹调的配方来照料，说得过头一点，那简直就是对自然的一种低劣伪造。哥特人，还有像他们一样的这些中国宋朝的工艺匠，他们并不模仿自然，他们与它竞争①。恰如创造主使用骨骼与肌肤来制造已知的生命

---

① 同样的话题，诗人克洛岱尔在写于1898年6月的另一篇诗文《这里和那里》（后收入于《认识东方》集子）中也有所涉及："他并不复制自然，而是效仿自然"（见上文）。

物，那些人把青铜捏在手中，让一个个各有所别的特殊形象从中显出。又恰如一个生命物是由一整套彼此和谐的器官所构成，这些棱堡中的每一个都在形成某种装饰性的和纹章学的个性，一种活生生的装饰；而同样，每一个肢体都在展示其功能的特点，那些三条腿的乌龟也好，或那些半为孔雀半为骆驼的两足动物也好，它们的每一部分都因其支撑功能而活着，而这一支撑功能，被恰到好处地借给了一个与整体紧密联系的装饰性主题。在美妙无比的玻璃展柜所提供给我们的一系列范例中，我们渐渐地看到，支撑功能消失在了装饰功能底下。我们眼中就有几个盆子，其中的具体形象仅只表现为几只猫头鹰的脑袋，它们出现在角落里，由几个简洁明了的浮雕来表示，而最终，在我们眼前，它们达到了纯真的龙飞凤舞。总之一句话，我们见证了一种进展，类似于中国方块字所经历的变革，因为众所周知，汉字从最早的一种图解化或简图化的形象再现，渐渐地变成了一种约定俗成的象形文字，一种对观念的纹章化编号，一种盖在每个概念上的印戳。

——亲爱的先生，到了那样的一个时刻，您的藏品即将四下遣散，而您本身也将离开我们，准备前往一个新世界，转向英勇的简单生活，去做马儿的牧师，去做牛群的法官，到了那一刻，就请让我，从我无知者的记事本上为您撕下这一页。让我再次回忆起这一晚上，一个个爱美的业余爱好者，聚集在野蛮人中间，我们热情洋溢地分享着神仙才配得上吃的这一火上锅菜；而在一排排白底青花瓷那天堂般温柔的光芒中，从房间的另一端回报以排列得整整齐齐的一个个铜盆那咄咄逼人的壮丽，锃光瓦亮，像是金色的小号，微微闪光，像是冬夜的一轮明月。

[1899 年 1 月]

屏　风①

　　五折的屏风上满是花鸟绿枝的图案，五颜六色，花里胡哨，着实引人注目。这一切闪闪发亮，熠熠生辉，这一切喧宾夺主，令人眼花缭乱。所有的阴影全都没有了，所有的色调全都走向了极端的饱满，像是被明灯照亮，鲜亮夺目，突兀地孤立于相邻的色调之间，拒绝了任何借鉴，任何让步。图案都绣在白色的丝绸上，像是在燃烧的空气中描画出来，同时又表现在一个垂直而又即刻的层面上。目光，一开始仿佛受到四面八方的一通猛攻，颇有些迟疑，而后则因如此多种多样、如此尖利明锐的音调②而有些晕头转向，只能依靠着音叉，渐渐地抓住其中情感充沛的和音。

---

① 这一篇《屏风》（*Paravent*）是在诗人克洛岱尔逝世后才发现的，第一次发表在1965年12月2日的《文学新闻》上，后收入"七星丛书"版的《克洛岱尔诗歌集》（Paul Claudel：*Oeuvre poétique*，Bibliothèque de la Pléiade，NRF，1967）。
② "色调"一词的法语为accent。很明显，这里，诗人从"目光"对"色调"的注意，在渐渐地转向"耳朵"对"音调"的关注。

在此提出的问题，用的是跟涉及一个彩绘大玻璃窗时的同样词汇，只不过是丝绸的光泽替代了玻璃片的透光。若是没有一种隶属关系，则任何的组合就都不存在，而在同等强度的音响之间的调解，就将取决于它们在画面中的位置，更甚于它们在音阶中的位子。我眼前的屏风的每一块板都在以一种不同的方式，解决着色彩的鲜艳度问题。

联合并聚集种种同质的音调①，以便恰到好处地让彼此矛盾的音符更为生动地爆发出来，这一人为的巧妙技能一开始并不能很奏效地给人惊喜；因为那些笔触②，分散在了丝绸的闪亮重复上，仿佛悬空停留在了那里，远不如它们挑逗人的眼睛去实现那一点那样，能实现调子的和谐。

---

① "音调"的原文为 ton，既可以理解为"音调"，也可以理解为"色调"。
② "笔触"的原文为 touches，既可以理解为"笔触"，也可以理解为"琴键"。

道德经 [①]

众人都显得那么幸福，仿佛坐在一张满满当当的桌子前，仿佛春日里那个登上了高塔的人。唯独我，我沉默无语，无动于衷，我的渴望还没有显现。我像一个还不曾微笑的婴儿。我像是迷了路，就像一个人无处可去。

其余众人皆有得，皆有余；唯独我，仿佛失去了一切，

我的内心是一个愚蠢人的内心；我处在一种混沌状态。

[①] 《道德经》(Tao Teh King) 本文第一次发表于 Doucet 文学图书馆"克洛岱尔展"的展品名录中。应该写于 1896 到 1898 年间。可以说，这一篇文字是克洛岱尔对老子《道德经》第二十章部分内容的一种翻译改写。老子的原文如下："众人熙熙，如享太牢，如春登台。我独泊兮，其未兆；沌沌兮，如婴儿之未孩；儽儽兮，若无所归。众人皆有余，而我独若遗。我愚人之心也哉! 俗人昭昭，我独昏昏。俗人察察，我独闷闷。澹兮，其若海；飂兮，若无止。众人皆有以，而我独顽且鄙。我独异于人，而贵食母。"克洛岱尔后来在一篇题为《诗人与香炉》的文章中，把这一段译文又收录了一遍（译文稍有不同），见《克洛岱尔散文集》(Paul Claudel：*Oeuvres en prose*, Bibliothèque de la Pléiade, NRF, 1965, p.844)。

普通人的模样都很聪明；唯独我，浑浑噩噩。普通人满是判断与知识，唯独我没有。

我朝向大海漂移；我是风的玩具，就仿佛无地可歇。

其余众人都有各自的能力；唯独我愚蠢得像是一个粗野人。

我独自一身，与众不同，我所看重者只是万物之母。

[1898]

茶之醉 [1]

我疲乏至极,满头热气腾腾,浑身汗水淋淋,人们把整整的一桶冷水全都浇到了我身上。瞧我现在,贴肉只穿了一件薄薄的绉纱长袍,手指头透出一种懒散怠惰,先是从那清凉的宽大叶片底下摘掉这一红红的橡实树枝,剥开荔枝的皮,取出里头心形的小小果肉,放入口中,让它像是一片蛋白融化在舌头和上颚之间。真不错;就在它的石头沟渠中,隐藏的水开始了它那急速的暗中的流动。夕阳下落到小径的那个拐弯处,在外,很是遥远,把树林笼罩在它的烟雾中。我从我脚下的一棵棵树木之间,看到了一片黄金色的土地,河流纵横,庄稼丰收在望。而这碗盏中,有三朵荷花沉在底上,大饱眼福啊,彩釉上鲜艳夺目的图案,一种如此清爽如此强烈的蓝色,恰好比最显眼的

---

[1] 这一篇《茶之醉》(*L'ivresse du thé*) 应该写于 1898 年底,克洛岱尔当时在福州。

红色莫过于碧血,我把茶杯递到嘴边,我深深地吸了一口滚烫的香气……①

[1898]

---

① 诗文未最终完成,首次发表时收在1952年版的《认识东方》中。

喜　悦[①]

恰如空腹喝下了一杯烈酒，我从一大早起，在庸常如旧的城里就怀揣了这一强烈却又隐约的快乐的情感，然而，无论什么都无法证实这一快乐，无论是寒冷的天气，是凛冽的晨风，还是从桥顶上望去便可见到的这一辽阔无际的阴暗天空。直到我在路上遇见了三个脚夫，每一个都肩负着一对沉重的酒坛，迈着弯弯曲曲而又摇摇晃晃的步子，吸引了我的关注。恰如一个应邀去喝喜酒的人，我决定迈开我的脚步，走上这一条已经多日没有人途经的路，一直走向被庙宇与花园所分享的郊外……[②]

[①] 从克洛岱尔《日志》中的几点说明来看，这一篇《喜悦》(*Hilarité*) 应该写于 1898 年 3 月。
[②] 本篇跟上一篇《茶之醉》一样，都没有最后完成。所以在第一次发表即收在 1952 年版的《认识东方》中时，并没有按照写作顺序插在其他篇章之间，而是放在集子的最末尾。

附录一

年表：克洛岱尔在中国

保尔·克洛岱尔作为外交官在中国的居留前后总共有三次。

第一次：1895年7月—1899年10月。

1895.5.26：从马赛登船前往中国赴任。

1895.7.14—1896.3.13：任驻上海领事馆候补领事。

1896.3.15—1896.12.19：驻福州副领事馆代理领事。

1896：参与中法双方谈判合作重建马尾造船厂的事宜。

1896.12.20—22：从福州返回上海，海上航行。

1896：剧本《第七日的休息》发表。

1896.12.22—1897.3.10：任驻上海领事馆候补领事。

3.11—3.14：从上海坐船去汉口。

1897.3.15—1897.9.4：驻汉口领事馆代理领事。

在汉口工作期间，参与关于修建京汉铁路的修建工作谈判。

6月，刚刚完成了京汉铁路第一阶段的谈判，从汉口回到上海。

其间，6月在上海。

7月去江西庐山的牯岭小住。一说去福州。又返回汉口公干。

9月从汉口返回上海，途中停靠南京小住。

1897：剧本《城市》（第二稿）发表。

1897.9.10—1898.9.20：驻上海领事馆候补领事。

1898.1—4月：曾在华东各地旅游，如宁波和舟山（1月11—17日）。3—4月间，多次去苏州小住。

1898.3：去江西。

1898.5—6月：去日本旅游。

1898.9.26—1899.10.25：驻福州副领事馆代理领事。

1898.12—1899.1：其间临时接替休假的法国驻上海总领事白藻泰的工作。

1898：剧本《年轻姑娘维奥兰》（第二稿）

发表。

1899.1.13—1.19：从上海前往福州，海上航行遇风暴。

1899.7.6：福州副领事馆升格为领事馆。

1899.10.25：离开福州，乘坐海船回国休假。

1899.11—1900.10：回国休假。

其中，回国途中，1899年11月到12月，到叙利亚与巴勒斯坦，12月在伯利恒过圣诞节。

1900：《认识东方》的第一部分在法兰西水星出版社出版。

1900年10月21日，从马赛登船前来中国。在"爱内斯特-西蒙号"航船上，邂逅了波兰女子罗莎莉·维奇。

第二次：1901年1月—1904年12月。

1901.1—1905.3：驻福州领事馆领事。

在福州期间，与罗莎莉·维奇同居。

1902.1.4：被任命为驻香港领事，但他没有去赴任，而是留在福州。

1904.8.4：已然有了身孕的罗莎莉·维奇不辞而别，返回欧洲。

1905.4—1906.3：回国休假。

1905.12.28：与蕾娜·圣玛丽·佩兰订婚。

1906.3.15：在里昂结婚。

1906.3.18：携新婚的妻子启程赴中国。

第三次：1906年4月—1909年8月。

1906.5—1906.6：驻北京公使团代理首席秘书。

1906.6.29—1909.8.15：驻天津领事。

1906：写出剧本《正午的分界》，剧情以诗人自己与罗莎莉·维奇的那一段经历为原型。

1907.1.20：长女玛丽诞生于天津。

1907：《认识东方》的新版出版，包括了后一部分的九篇新作。

1907：诗集《五大颂歌》出版。

1908.7.23：长子皮埃尔诞生于天津。

1908.11：代表法国政府出席了慈禧太后与光绪皇帝在北京的葬礼仪式。

1909.8.15：被任命为法国驻布拉格领事，结束在中国的外交生涯，离天津经西伯利亚铁路回法国。

附录二

克洛岱尔与中国传统文化

（一）风风雨雨十五载，沪榕京津长驻留

历史上，法国有不少文人骚客曾来过中国，或居住，或任官，或旅游，或考古。维克多·谢阁兰三次来华，在北京讲授过医学；亨利·米肖曾在长城内外游历；圣琼-佩斯在上海北京的领馆供职多年，吕西安·博达尔从小随父母在重庆长大……但恐怕没有一人像保尔·克洛岱尔（Paul Claudel，1868—1955）那样在中国待过那么长时间：前后三次居留，上下长达十五年，在法国文学史上堪称空前绝后。1895年7月到1899年10月，克洛岱尔先后任驻上海候补领事、驻福州副领事，其间在华东游历，并在汉口工作了几个月（1897年3月到9月）；1901年1月到1904年12月，他任驻福州领事；1906年5月至1909年8月他先任北京法国使团的首席秘书，后任驻天津领事。

在清帝国末年的中国，克洛岱尔经历了波澜曲折的个人生活。他来中国并非自己由衷的愿望，而是上

司的指派。当时他想望的东方异国是日本。诗人晚年时回忆道:"中国,尤其是远东,让我十分感兴趣。我那艺术家的姐姐对日本有着无限的钟爱。我自己也不少看日本的书和画,非常想望这个国家。中国于我是一块跳板。既然没有任命我去日本——说是那里没有我的位置——我便兴冲冲地出发去了中国。"① 尽管是块跳板,他还是毅然决然地来了。他觉得是诗坛怪杰兰波的叛逆精神在启迪他,呼唤他离开欧洲这块自由意志已快被窒息的地方,勇敢地奔向遥远的东方,去体味幻想中的异国情调和博大精深的古老文明……

中国的现实与他从书上了解到的相比有天壤之别。克洛岱尔青少年时获得的中国映象几乎全部来自天主教传道士(尤其是耶稣会传道士)的著作,他们把中国这个东方大邦描述得美好无比,俨然一座冒险家的乐园。克洛岱尔正是怀揣这样一幅画像踏上了东方的土地。然而,严酷的事实彻底粉碎了他"心中的美景"。当然,他在辽阔的大地上领略了美丽的风光,但他同时也看到了触目惊心的另一面:贫穷、愚昧、落后,"风气腐败得令人可怕;老百姓穷困不堪,每

---

① Paul Claudel, *Mémoires improvisés.* Quarante et un entretiens avec Jean Amrouche, Gallimard, 1954, p.119.

况愈下，灾害连年；行政衙门弥漫着不祥的死板僵化作风，无论上下普遍地弄虚作假，愚昧昏聩。"①……

到此，我们应及时地提出一个问题："克洛岱尔究竟爱不爱中国？"回答是矛盾的。一方面，中国充满了奇异色彩，陌生犹如另一星球，然而万分吸引这位室外外界家：山水、人民、风俗，一切都具有一种新鲜感；另一方面，"中央帝国"似乎又是一个自我封闭的监狱，克洛岱尔在里面感到压抑、拘束，始终如涸辙之鲋，异乡独客。

克洛岱尔对中国的矛盾心境源自他的身份和性格。作为外交官，他必须了解所在国的政治、经济、文化、风俗，从这一角度出发，他看到的是一个正在迅速没落的封建帝国。作为诗人，他见到的一切几乎都充满了诗意，如画的美景、勤劳的人们、和煦的春风、碧绿的稻田、肃穆的古塔、醇香的丰酿、鲜亮的金橘……作为虔诚的教徒，强烈的宗教意识引导他以严厉的天主教精神审视一切，包括中国人和中国文化，并在作品中以种种方式使他的人物归顺天主，以他的福音书来教化"野蛮人"。而作为普通人，他又

---

① Paul Claudel, *Œuvres en prose*, Bibliothèque de la Pléiade, Gallimard, 1965, p.1038.

能怡然自得地欣赏自然的中国，发现另一种文化传统中一切美与真的事物。

从克洛岱尔留下的诗文、日记、日志、信函来看，他在华期间的心情是极其复杂的。外交事务中，他对法国上司和清朝官员均有怨言，但他"勤勤恳恳"地工作，为国家尽职；私生活方面，当时在福州任领事的未婚的他曾与一已婚波兰女子保持四年的私通关系，并有一个私生女；在天南海北旅行时，他的心境平静而开朗；在摆脱了公务，静坐于"封闭的小屋"中创作诗文时，他感到犹如天马行空，忘乎所以。

身为领事级官员的他的外交公务自然是研究"克洛岱尔与中国"的一个重要内容[①]。不过，本文中我们暂不涉及他在领事职位上与清政府的"公干"，只研究他的作品与中国传统文化的关系。这里单提一提克洛岱尔的几件事，以示他与中国近代史的密切关系：他在某次海上航行中"与孙中山同船，一起待了好几天，并讨论一些问题"[②]；他代表法国参与京汉铁路筹建的谈判事宜；他出席了光绪与慈禧的葬礼以及宣统

[①] 黄伟女士的专著《保尔·克洛岱尔与中国》（外语教学与研究出版社，2014年）对此有专门的研究。

[②] Paul Claudel, *Œuvres en prose*, Bibliothèque de la Pléiade, Gallimard, 1965, p.1020.

的登基仪式；他曾"积极"参与轰动上海的1898年的"四明公所事件"①；等等。

身为列强之一的法兰西驻中国的高等外交官，他观察中国时的眼光不免带有高人一等、傲慢自大的偏见，但克洛岱尔更多的是一个诗人，或者更精确地说，是一个天主教精神的诗人。一方面是忙忙碌碌的外交活动，一方面是想象力自由驰骋的文学创作，克洛岱尔就这样以惊人的毅力于繁忙公务之暇写下了大量的作品：在诗歌方面有《流亡诗》(1895)、《认识东方》(1896—1900)、《五大颂歌》(1900—1908)②；在戏剧方面有《第七日的休息》(1896)、《城市》(第二稿，1898)、《少女薇奥兰》(第二稿，1899)、《正午的分界》(1905)、《人质》的开头部分(1908)等。可以说，中国时期是克洛岱尔文学生涯中最辉煌的时期之一。

（二）山水仁智寄诗文，儒道礼仪入思辩

中国传统文化对克洛岱尔，尤其是对他的文学创作着实产生了巨大影响，只要仔细阅读他的作

---

① Paul Claudel, *Les Agendas de Chine*, L'Age d'Homme, 1991, pp.190—191.
② 即《缪斯》(1900年和1904年分别写前后两部分)、《精神与水》(1906)、《尊主颂》(1907)、《美惠缪斯女神》(1907)和《封闭的屋子》(1908)。

品，便可随处发现华夏文化的痕迹。单从作品篇目言（如《认识东方》、《在龙的徽号下》(1909)、《诗人与香炉》(1926)、《老子出关》(1931)、《中国琐事》(1936)、《忆北京》(1937)、《牡丹灯笼》(1942)、《中国人赞》(1948)等），就足见中国文化在克洛岱尔文学创作中所占的分量，何况更多的痕迹隐在字里行间，不用心读终是看不出来的。

1.《认识东方》与其他诗作中的中国——对文化之趣、山水之美的感性认识

翻开《认识东方》，一股清馨的乡土气息便扑入读者的肺腑。这是本典型的尚还不太熟悉东方的西方人写的书，专给那些更不熟悉东方的西方人看。几十篇散文诗形式写成的游记或随笔，抒发了诗人对中国绮丽风光的赞美、对淳朴民风的欣赏、对古老习俗的惊叹，还有从他的立场出发对所见所闻的一切的批评。《认识东方》中的很多篇章写于1896至1898年，即克洛岱尔乍到中国的头两年，所叙所议多为刺激感官的异国情调，认识之肤浅与片面在所难免，然而从中不难看出中国的山山水水、男女老少、风土人情对克洛岱尔诗情诗意的启迪。

克洛岱尔退休后写的《拟中国小诗》(1935年出

版，据曾仲鸣的译本转译）和《拟中国诗补》(1938年出版，据俞第德·戈蒂埃的《玉书》改译）显示了作者对中国古诗的理解与转达。他的译文——严格地说，这只是他根据自己的接受消化，以自己的诗意想象再创作的诗作——为我们提供了一面借鉴之镜，使我们看到了一个西方诗人是如何让东方诗歌在另一种形式下获得新生[①]。需要补充的是，克洛岱尔在中国居留期间与离开中国后，都曾在诗歌与戏剧创作中引用和影射过中国古诗。

除这几本题目中带"东方"或"中国"字样的集子外，我们在《五大颂歌》《散诗重拾》《流亡诗》中均可看出中国风光所启示的灵感激情和中国文化所引发的诗艺意象。

2.《第七日的休息》中的中国——诗人理想中待净化的蛮邦

克洛岱尔的三部剧作《第七日的休息》《正午的分界》和《缎子鞋》最能体现诗人对中国传统文化逐步深化的认识。

写于1896年的《第七日的休息》集中体现了他

[①] 关于对这两部作品的评论，请参阅本书附录三《克洛岱尔〈仿中国小诗〉〈仿中国诗补〉小考》。

对古代中国封建传统文化的一种否定中的肯定。否定的主要是风水、迷信、宗教信仰等，否定的结果是要让基督的光芒来照耀东方大地。这从剧的题目与主题上便可看出。

《第七日的休息》的情节很简单。中国皇帝上朝时，众臣禀告：国家遭灾，鬼魂作乱，争抢活人的吃食。求神拜佛、施行巫术全都无济于事。皇帝决定亲自下地狱探个明白。他在阴间见到了母亲的亡魂，会见了阎罗王，"大米天使"告诉了他灾祸的原因：是活人妨碍了死人的宁静生活。皇帝从地府回返，恰逢饥民造反。他高举起已成了十字架模样的龙杖，令叛逆者臣服。他向臣民转告上天的旨意：六天干活，第七天休息作祷告。说完，皇帝乘云而逝追随他的"道"去了。

为什么天朝大地被鬼魂所乱，为什么活人的生活被死鬼们所妨碍？按克洛岱尔的思路，灾祸的缘由是中国人只知干活、挣饭吃、挣衣穿，而忘记了精神上的信仰。他们的贪婪使得死者魂灵的安宁遭破坏。只知吃喝享乐贪图物欲的人民已步入穷途末路，唯有追求精神信仰，人世才能永享太平。在剧作者为中国皇帝开列的救世良方中，这精神上的信仰不是别的，就是归宗于天主教。"第七日的休息"不是别的，就

"礼拜日"的礼拜。

剧本的主题无疑是天主教对"异邦蛮族"另一种文明的胜利,完全是寄托着某些西方人士理想的一相情愿。

但是,这出剧从主题到细节无一不充满了克洛岱尔对中国文化的表层认识和机械搬用。灾难的可怖描绘是基于中国人"对死者的祭奠"和"对鬼魂的害怕"这两点上的,而克洛岱尔对这两点的肆意发挥则不厌其烦,剧中连篇累牍的描绘且不言,连他后来的许多文章与谈话也翻来覆去地炒这两碗冷饭。剧本对张牙舞爪的"鬼魂"的叙述像是一场混杂了华东诸地色彩的黑白无常鬼在戏台上的龙套圆场。皇帝下地狱既有传说中唐太宗魂游阴曹地府的痕迹,更有南方传统曲目"目连救母戏"中闹地狱的味道。当然在克洛岱尔笔下,这中国化的下地狱免不了混有但丁《神曲》中九层地狱的阴影,甚至还有荷马史诗《奥德赛》中奥德修斯在哈得斯冥府中的游历和维吉尔所写的《埃涅阿斯纪》中埃涅阿斯在塔耳塔洛斯见到亡父与爱人狄多之魂的痕迹。第三幕中克洛岱尔为中国人指明的"天神"形象通过中国味极浓的"道"来揭示,一来为了更好地在剧中透一点地方色彩,二来他也是依稀看到了"道"与"天主"同为一种追求的终极目标。

总之,《第七日的休息》中的中国是一个充盈着"魔怪""鬼妖"的"仙乡",一个在克洛岱尔看来颇有希望变成福音胜地的异邦。

3.《正午的分界》中的中国——西方"囚徒"目中的"牢房"

与《第七日的休息》不同,写于1905年的《正午的分界》对作为背景的中国做了另一种极富象征性的描述,这象征的参照系是一座监狱。

《正午的分界》讲三男一女四个欧洲人在当时中国的感情生活。梅萨爱上了有夫之妇漪瑟,两人默认让漪瑟的丈夫去从事有生命危险的冒险买卖。在中国义民的一次暴动中,梅萨与漪瑟等西洋侨民被围在房屋中,命在旦夕。面对死亡,两个情人才认识到自己的罪孽,在明澈的月光下,梅萨与漪瑟归入到天主的怀抱。诚如克洛岱尔所言,剧的主题"是罪孽。见善而行恶,世界上再没有比这更大的不幸了"[①]。中国只

[①] Paul Claudel. *Théâtre*, *tome I*. Bibliothèque de la Pléiade, Gallimard, 1971, p.1337.
说明:本人翻译的《正午的分界》中译本收入在题为《正午的分界》的克洛岱尔剧作选(吉林出版集团,2010年4月)中。

是这出戏的一道布景而已。当然，在克洛岱尔的戏剧美学辞典中，布景决非可有可无之物。

第一幕，驶向中国的轮船上，漪瑟已对梅萨产生了好感，两人的私情刚刚开始。作为背景的汪洋中的航船完全是一个象征，这是"自由"的水面上一个"不自由"的载体，载着负罪的主人公不可逆转地走向目的地——牢狱般的中国。到第二幕，梅萨与漪瑟已然打得火热，两人约会在墓地，漪瑟的丈夫要去玩命干走私，两人听之任之。人物在墓地这个死亡的象征地上犯了"故意谋害"罪。第三幕，梅萨与漪瑟避难于被中国义民围困的屋宇，他们在束手待毙与冒死突围之间犹豫再三，最终面向一轮清辉幡然忏悔，灵魂得到升华。这被围的房子，不是"死牢"的象征又是什么？

在克洛岱尔这一期间的作品中，不乏众多把中国与牢房相联系的形象。除了《正午的分界》中的日食、Ω（欧米伽）形的摇椅、坟墓、太师椅之外，还有《第七日的休息》中的地狱、蚕茧，《城市》中∞字形的环线、俯视着城市的墓地，《五大颂歌》中封闭的屋子，等等。

把中国与牢房形象相联系，反映了克洛岱尔当时微妙的心态。一方面，"牢房"是他对不愿向西方开放门户的封闭的中国所作的象征性描绘，是他对迟迟未能按他的意愿皈依天主教的蛮邦的隐喻式刻画。另一方面，它也是克洛岱尔"囚徒"心境的写照。当他在地大物博、风光绮丽的中国山河中游历，在历史悠久、传统深厚的文化海洋中遨游时，他感到自由自在，为所欲为；但一旦为杂务所缠，或心烦意乱时，他又感到天涯孤旅的寂寞。这里，尤其要提一提克洛岱尔与波兰女子罗莎莉·维奇夫人那段长达四年（从1900年到1904年）的非法恋情。在偷情时，克洛岱尔多少有些犯罪感，而且又是在异乡的中国的犯罪，这样，他在作品中把中国比作牢房，把自己比作囚徒也就有了充分的动机。当维齐夫人于1904年8月离走，两人关系终止时，克洛岱尔旋即于1905年初回国休假，在繁复的心绪中写出《正午的分界》，并很快决定结婚，婚后第三日（1906年3月18日）即携新妇踏上第三次赴中国的路程。

另外，该剧第三幕的围困背景无疑是克洛岱尔耳闻目睹的中国人对"洋鬼子"普遍仇视行为的真实写照。上海"四明会所"事件中他所亲自参加的与宁波同乡会人士的浴血冲突（克洛岱尔曾"身先士卒"，率领法国水兵攻打同乡会的会馆）、他所风闻的"教民血案"以及震惊中外的义和团运动都在这一幕中经过他的曲笔处理，留下了历史痕迹。

4.《缎子鞋》中的中国——对中国文化的进一步认识与回顾

《缎子鞋》写于1919年至1924年，已是克洛岱尔离开中国十年之后在日本当"诗人大使"的时期了。然而，光阴可隔十载，情思难割一分，《缎子鞋》这部象征主义的后期代表作无论在题材挖掘、人物塑造、象征寓意、戏剧处理等方面均"回归"到了他的中国时期。

当然，《缎子鞋》是一部西方式的史诗剧，它以16世纪西班牙对外扩张与征战为背景，以三条主线索表现了西班牙重臣堂·罗得里格、贵妇堂娜·普萝艾丝、少女堂娜·缪西卡在这一历史进程中的悲喜命运，以及他们各自的感情纠葛[1]。总之，作品充满了克洛岱尔的天主教精神，它不但体现在剧作的宗教倾向上，而且反映在戏剧艺术的和谐统一之美上。不过，读者只要细心分析，也不难看出隐藏在字里行间一丝丝扑面而来的中国文化的气息。

首先在题材上，克洛岱尔自己承认："《缎子鞋》

---

[1] 笔者翻译的《缎子鞋》有两个汉语版本，第一个是安徽文艺出版社1992年版，第二个是吉林出版集团2012年版，经过了重大修订。

的主题是那个两颗情人星的中国传说，他们在银河两边不得相遇，一年只见一次面。"① 众所周知，那便是牛郎织女的传说；只不过克洛岱尔对牛女传说的借鉴（或者更精确地说，反其意而用之）完全是为了体现自己的创作理想，让主人公献身于天主的"无比荣耀"的事业。织女离天庭而下凡，普萝艾丝舍世俗的荣华富贵而求为天主一死；牛女拗不过天命被迫分离，罗得里格与普萝艾丝自愿分隔天涯海角；七夕的传说颂扬平凡的爱情而鞭挞无情的天神，《缎子鞋》则通过主人公牺牲爱情服从天主来宣扬基督精神的胜利。

从艺术形象上，克洛岱尔在《缎子鞋》中大量地运用星星、水流（江河湖海）、银河、飞梭、线团、鸟翼、织工等生动意象来喻指分离与相连，对牛女题材的借鉴一目了然。

从人物上，罗得里格有一个中国仆人，这个人物幽默、诙谐、聪明、能干，博学多才，处惊不乱，倒比主人强上好几倍。综观他的性格体系，既有桑丘·潘沙（塞万提斯名著《堂吉诃德》）的滑稽可笑，

---

① Paul Claudel. *Théâtre*, *tome II*. Bibliothèque de la Pléiade, Gallimard, 1971, p.1476.

又有雅克（狄德罗小说《宿命论者雅克和他的主人》）的大度豁达，但更大程度上是中国人的那种温良恭俭让，仁义礼智信。在这个人物身上不难看出作者在中国期间认识的当地仆人、翻译、友人的原型。

从舞台艺术、戏剧导演上，《缎子鞋》明显地搬用了京剧等中国传统戏曲的诸多表演手法。连续七八小时的戏而不用大幕，布景与道具的极其简单化，"检场人"当着观众面作必要的换景，场内观众嗡嗡营营，打击乐器喧闹不已，等等。中国仆人这个角色从"行当"上讲就是一个典型的"小花脸"。鉴于克洛岱尔在中国多次观看京剧和地方戏，并写有谈论中国戏的文章，再加上他1920年代在日本和美国曾两次目睹艺术大师梅兰芳的演出，并在文章、日记和讲座中多次提及这位"凌波仙子"，在此期间创作的《缎子鞋》大量模仿京剧艺术的舞台处理也就不足为怪了。当然，在从《缎子鞋》起的一批戏剧作品（如《哥伦布之书》《火刑台上的贞德》等）中，克洛岱尔把日本能乐、歌舞伎、文乐等的艺术手法也吸收了进来。

从题目上看，这又是一个东西合璧的典型。"缎子鞋"是一件物证：当普萝艾丝为追求私情而准备偷偷逃跑时，她脱下一只绣花鞋，挂在圣母雕像的手上，叹道："我把鞋子交给了你，圣母马利亚，把我可怜的小脚握在你的手中吧……当我试图向罪恶冲去时，愿我拖着一条瘸腿！当我打算飞跃你设置的障碍时，愿我带着一支残缺的翅膀！"她所给予马利亚的是献身天主的精神保证，也是束缚她追求自由恋情、世俗幸福的一条锁链。在西方文化史上，鞋常常是一种契约的见证，如《旧约》中所记以色列人的买卖惯例①，大家所熟悉的灰姑娘故事中水晶鞋作为幸福的凭证。克洛岱尔在中国文化中无疑也发现了鞋的象征意义。在《认识东方》集中有个"绣花鞋"的故事，那便是《钟》所讲的"大钟之魂"的见证，这个故事在昔日的北京家喻户晓，南方各地也有不同翻版。很早便有爱尔兰人小泉八云（Lafcadio Hearn）②翻译过去收集在1887年出版的《中国鬼怪集》中。克洛岱尔在《钟》中记述了它，只不过在文中把那只关键的鞋隐去不写。我们可以肯定，当克洛岱尔在多年之后写作这出"西班牙"史诗剧时，他一定回想起了那只使他梦系魂萦的"缎子鞋"。法国有批评家认为杨贵妃

---

① 参见圣经《旧约·路得记》，IV, 7—8。
② 小泉八云（原名Lafcadio Hearn，1850—1904），出生于希腊，1896年归化日本获得日本国籍，改名小泉八云。他精通英、法、希腊、西班牙、拉丁、希伯来等多种语言，学识渊博。毕生致力推进东西文化交流，译作和介绍性文字很多，在促进不同文明的相互了解上贡献非凡。他的《日本与日本人》是西方人研究日本人的重要著作。

缢死后遗下一只鞋的故事可能是《缎子鞋》题目的来源。此说看似牵强，倒也证明了中国文化在这出象征主义代表作中的地位。

笔者不惜笔墨写这一"鞋"的故事，只是想让读者重视这样一个现象：克洛岱尔在离开中国以后，仍然没有割断与中国文化的联系。他通过书本，通过报纸，通过日本文化的分析，仍在加深他对中国的认识。《缎子鞋》这部写在日本、言及西班牙的剧倒比《第七日的休息》和《正午的分界》更多了浓厚的中国味。

5. 散文作品中的中国——对"道"以及其他传统文化精华的思考

克洛岱尔对中国文化的评说更多地散见于散文中讨论式的思辨和日记中笔记式的批评。综观其散文作品，他对中国传统文化中儒道佛的反应迥然不同：喜爱老庄，仇视菩萨，而对孔夫子漠不关心。他谈得最多的哲学是老庄思想，谈得最多的术语是"无"（或曰"空"），谈得最多的汉字是"道"。据此，我们可以毫不夸张地说，中国文化中最令他感兴趣的是道家思想。

他对儒道佛的不同态度其实倒是体现了他借鉴他国文化时所遵循的一贯标准，这标准就是他的天主教宗教思想。一旦标准在手，他便自然而然地对排斥西洋宗教的佛教、儒家文化冷眼相加，而对提倡无为而治，自然素朴的道家则宽容得多。但即便如此，当克洛岱尔看到讲"道"的智者可以不需要一个天主而自行达到"道"时，他便与"道"划清了界线。几十年后，克洛岱尔是这样将《道德经》与《圣经》作比较的："福音书告诉我们：寻找吧！你将得到！但中国人的道告诉我们：不要寻找！人们将得到你！两种方法一样可行。"[①] 老年克洛岱尔的这段文字恐怕说明了他对天主与"道"的异同的总看法。

无论克洛岱尔对"道"的认识有多大的片面性，他反正对"道"入了迷。克洛岱尔很早就读《道德经》(即《老子》)，在来中国之前，他就通过英译本把《道德经》的第五、第十一章译成法文。《庄子》一书更是他长年放在床头的必读之书。读了就谈，谈了就引用。他写的《老子出关》一文，把老子对"道"的执著追求与诗人对诗意美的刻意探索相比较。他在散文作品、讲座报告中反复引用，在戏剧作品中隐喻影射出自《庄子》的寓言故事"庖丁解牛""庄周梦蝶""井底之蛙""遗失玄珠""混沌开窍"等，一

[①] Paul Claudel, *Seigneur, apprenez-nous à prier*, Gallimard, 1942, p.22.

厢情愿地以"东方圣人"的玄理来阐释自己对种种文化现象的理解。

克洛岱尔多次谈及道家的基本术语"无"。不过,他并未把"无"当作世间万物之起源,而只是当作艺术中体现创造力的手段。老子曰:"天下万物生于有,有生于无。"①克洛岱尔很明白这一说法,《缎子鞋》中的罗德里格就曾借老子的这一题随意发挥过:"一切来自虚无〔……〕乌有造出空虚,空虚造出凹洞,凹洞造出气息,气息造出气泡,气泡造出臌包……"②但在克洛岱尔心目中,世界的起源并不在"道",而在"天",他坚信天主能从空无出发创造一切。作为天主教诗人的他在道家智慧的"无"中看到的只是一种可能性,即排除一切异端的基础,从荒蛮的"无"开始,迎接基督的光辉。当卡米耶对普萝艾丝说"假如说我缺空一切,那是为了更好地等待你"时,普萝艾丝当即答道:"只有天主能填此空。"③道家的"无"的可接受性的根基原来在此。

不过,撇开本体论来谈"无",只取"以为用"之"无",克洛岱尔的议论则不乏真知灼见。在《书

---

① 见《老子》第四十章。
② 见《缎子鞋》第四幕第二场。
③ 见《缎子鞋》第一幕第三场。

的哲学》(1925)一文中,他谈到诗歌中的"空白"与"字""沉默"与"词语"之间的关系。他认为:"空白对于诗歌不仅仅是外部强加的物质需要,而且是它存在、生命与呼吸的基本条件。"①这种与马拉美的诗歌理论一脉相承的说法实实在在地从道家那里找到了根据。

"水"是克洛岱尔最喜爱的诗歌意象。克洛岱尔的"水"无疑是天主教精神的象征,但他作品中无所不在的水、畅流而不滞留的水、承荷起万物的水都与老庄笔下的水具有相同的德行。尤其在《五大颂歌》之二的《精神与水》中,"水"的形象与《老子》中对水的赞美有异曲同工之妙。

克洛岱尔作品中"母亲""跛足者"形象也都出自老庄著作中"道"与"得道"的象征,只不过这些形象到了克洛岱尔笔下或多或少与得到艺术真谛的诗人形象有所联系。

总的考察克洛岱尔与道的关系,我们可以认为,他心目中的道决非中国人所认识的道,在艺术创作的审美认识上,他是借老庄之"道"行自己的探索之

---

① Paul Claudel, *Œuvres en prose*, Bibliothèque de la Pléiade, Gallimard, 1965, p.77.

道。按照他天主教诗学的审美观，满怀信仰的人是可以通过艺术的、智能的以及其他的精神活动去认识和再现由天主安排的这一"天道"的。抛弃了心中对世俗杂念的追求而回归于善的本性，人便能在天启之下求得心、体、外界合一的艺术境界。在此，克洛岱尔所借的中国之"道"是手段而非目的。

另外值得一提的是，在克洛岱尔的作品中，四处可见他对中国儒家礼仪纲常、数字崇拜文化、风水迷信、阴阳之道等的随意评说。在我们看来，内中的观点鱼龙混杂，卓荦不凡的、切中时弊的、张冠李戴的、一叶障目的，对的与错的全都混在一起。对中国语言、文字，克洛岱尔也有一定的研究，他的《西方的表意文字》（1926）就是受中国表意文字的启发写出来的。他的戏剧作品中偶尔也引用一下中国人的口语，如打官腔的"这个，这个"，谦称的"小人"，尊称的"老爷"，以及让他刻骨铭心的"洋鬼子""洋人"等。对中国历史与传说中的人物，他在各类作品中也有所影射，如"直钩垂钓"的姜太公，"发明八卦"的伏羲，"统一全国"的秦始皇，等等。限于篇幅，我们在此处就不再发挥了。

尽管中国文化对克洛岱尔产生了相当大的影响，

他的天主教精神和象征主义诗艺却并不因"龙的徽号"改变丝毫。恰当的说法似乎是：中国传统文化的影响使得克洛岱尔在他诗学追求之"道"上借鉴了东方哲学中"无"的涵义，使他在万能的天主统治下的象征之"林"中又移植了一大批东方之"木"。

（三）东西文化辨异同，影响后代多少人

克洛岱尔在其诗文、戏剧中确实借鉴了许多中国的题材、故事、形象，并把它们有机地化入了作品的情景中；但他更多地还是将中西两种不同文化中的类似现象放在一起比较，他的诗人气质和博学知识允许他做到这一点。克洛岱尔寻求中华文化（甚至还有日本文化，因此可以说东方文化）的精华的目的，是探求艺术创作上东西文化的共同点，或广义上的人类精神文化的共性。他的探索的出发点可能是传教意识或文化宣传，但他的探求无疑有助于我们在比较文化现象时更准确地抓住什么是人类本质的共性，而东西文化又是如何不同地来表达这些相同点的。

保尔·克洛岱尔的文学创作生涯长达六十多年，可以视作法国象征主义诗歌、戏剧的后期代表人物，与保尔·瓦雷里齐名。在中法文化交流史上，克洛岱尔可算是现代法国文坛上向国人介绍中国文化的第一人。在他之前，法国人所知的中国几乎全都来自近三个世纪以来在中国传过道的耶稣会传教士的书，而从克洛岱尔之后，才有不少典型意义上的文人作家以诗歌、散文、小说、戏剧等形式反映他们对中华文化的所触所感。可以说，正是从克洛岱尔开始，中国文化才进入了法国文学中。在维克多·谢阁兰的《碑文》（1912）中可以找到克洛岱尔喜爱的艺术意象"界碑"的影子，他的《勒内·莱斯》（1921）中主人公勒内·莱斯与中国青年的情谊使人联想起《缎子鞋》中的罗德里格与中国仆人。圣琼-佩斯在北京郊外的道观写下的《阿纳巴斯》（1924）歌颂心灵世界的征战，与同为颂歌的克洛岱尔的《五大颂歌》用的是同一种自由的诗律。安德烈·马尔罗的《人类的状况》（1933）以当代中国历史为背景，写西方人的精神生活，与《正午的分界》如出一辙。亨利·米肖的《一个野蛮人在亚洲》（1933）述写了观察家一般的作者在中国与印度的见闻与感受，与《认识东方》同样为诗意盎然的游记……

遗憾的是，长期以来，由于政治的和宗教的原因，中国人对这位曾在黄土地上居住过十数年的法国大作家的认识几乎等于零。一谈到克洛岱尔，人们想到的恐怕不是我们这位诗人——弟弟保尔,而是那位曾当过罗丹的女弟子的雕塑家——姐姐卡米叶。现在,克洛岱尔的《五大颂歌》《认识东方》《缎子鞋》《城市》《正午的分界》等已译成中文,相信中国读者也会开始认识这位自信"认识"了"东方"的西方大诗人。为了认识中国文化对法国文化的影响,读一读克洛岱尔吧!

(本文原载《世界文学》1995年第3期,收入本书时有修改)

附录三

克洛岱尔《仿中国小诗》《仿中国诗补》小考

一

这是一个法国的大诗人。他在晚年仿写了（或者说译写了）一系列的"中国古诗"。

请看这样一首用法语写的诗：

Chant de guerre I

La bataille est gagnée, il est temps de manger et de boire

Les Vainqueurs et les vaincus à la fois tous ensemble ils célèbrent la défaite et la victoire

Ils dansent dans le feu des bivouacs, ile dansent dans leurs cuirasses d'or !

Et le roulement des tambours au loin comme le tonnerre éveille les échos de la montagne !

他同时还用英语写了一遍：

War song

The battle is done and won

The time to eat and drink has come

The victors and vanquished embrace to celebrate victory and defeat

They dance ponderously in the light of the camp fires

And the long rumbling roll of the drums is like unto thunder awaking echoes in the mountain.

我把法语的那首译为汉语,译文如下:

塞下曲(之一)

战役已获大胜,正该举杯痛饮

胜者败者齐聚,输家赢家共庆

足蹈营帐篝火,手舞甲胄黄金!

远方战鼓如雷,唤醒群山回音!

中国读者读后,大概会说,这不是卢纶的那首《塞下曲》的意境吗?卢纶的原诗如下:"野幕蔽琼筵,羌戎贺劳旋。醉和金甲舞,雷鼓动山川。"

边塞诗人卢纶的《塞下曲》，在我们这位法国诗人笔下还有一首，诗曰：

Chant de guerre II

Au travers de la lune rouge un vol de canards sauvages

«Vite！Le chef de nos ennemis a pris la fuite ... c'est lui！»

Le héros sur son cheval hennissant s'élance pour le poursuivre

Regardez-le sur son cheval hennissant qui s'envole dans un tourbillon de poussière！

他用英语写成这样：

Another war song

A straight fight of wild ducks across the blood and red moon

The enemy chief has flown！Here！Here！Don't you see him？

The hero leaps to his prancing steed in pursuit.

Look at him on his whinnying charger

As he vanishes in a clound of dust！

我把法语的那首诗翻译成汉语,如下:

塞下曲(之二)

掠过红色的月亮群雁当空高飞

"是他!敌酋逃跑了……快追!"

战骑嘶鸣英雄策马飞奔而追

瞧他,在嘶鸣的战骑上飞驰,滚滚烟尘一路相随!

中国读者知道,原诗是这样的:"月黑雁飞高,单于夜遁逃。欲将轻骑逐,大雪满弓刀。"意境大致相似,但法诗中缺了"大雪",多了"烟尘"。

那么,问题来了。这样的诗作,究竟算是翻译呢?还是改写呢?

二

这位诗人名叫保尔·克洛岱尔(Paul Claudel,1868—1955)。这样的中国古诗,他同时用法语与英语一共写了二十二首,集为《仿中国小诗》(*Petits poèmes d'après le Chinois*,1939年出版)。

我们知道,克洛岱尔作为法国外交官在中国居留驻十多年（1895—1909年，其间有两次回国休假），那还是在慈禧太后的时代。他先后任法国驻上海的副领事，驻福州领事，驻北京公使团代理首席秘书，以及驻天津的领事。

在中国期间，他写下了很多文学作品，在法国文学史上留下了不朽的文字与名望。据笔者综合梳理，克洛岱尔写于中国的诗歌作品成集的有《认识东方》《五大颂歌》《流亡诗篇》(部分)，而戏剧作品有《第七日的休息》《正午的分界》(第一稿)《年轻姑娘维奥莱娜》(第二稿)等。

克洛岱尔接触过中国的文学作品，尤其是古诗，也对中国汉字有浓烈的兴趣，甚至还写过专门文章论述，如《谈中国的表意文字》等。但是他不会汉语，而且据说从来没有动过学习汉语、掌握汉语的念头。

据考证，《仿中国小诗》的二十二首诗，是克洛岱尔从外交官职位上退休后晚年在家乡的创作，大概写于1939年6月。据1939年8月刊印在《巴黎评论》上时的说明，它们是根据曾仲鸣（Tsen Tsonming）所译的中国古代诗歌节略改写的，同时，由诗人克洛岱尔自己改写（或曰翻译）为英语。曾仲鸣所翻译出版的中国诗歌题为《冬夜梦：唐人绝句百首》(*Rêve d'une nuit d'hiver*：*Cent quatrains des Thang*）。

克洛岱尔的《仿中国小诗》中"仿"一词的原文为"d'après",也可以理解为"根据""拟写"的意思。由此足可证明,这些诗作并不是克洛岱尔的翻译,而是依据他人译文的改写。

所"仿"的诗歌汉语原作分别出自李白、贺知章、丘丹、张旭、卢纶、刘长卿、刘方平、贾岛、顾况、裴迪、柳宗元、李家祐等大诗人之手。

这里,我们不妨再看两首,都是笔者的译文,但克洛岱尔用法语和英语写的原样就不再赘录了：

其一：

日光里的惆怅

一丝连一丝,夕阳落入长长的一丝丝垂帘,
可有谁看得见这黄金屋中我的泪水涟涟?

其二：

赠 剑

我赠青锋剑,砥砺磨十年!
锋刃何其利,削铁如切泥

把剑送与君，佩此最相宜！
皆因路不平，世道本艰险。

稍作辨认，便可见出，前一首的原诗是刘方平的《春怨》："纱窗日落渐黄昏，金屋无人见泪痕。寂寞空庭春欲晚，梨花满地不开门。"

后一首的原诗则是贾岛的《剑客》："十年磨一剑，霜刃未曾试。今日把示君，谁有不平事。"

由上两例可见，克洛岱尔笔底的诗，有的与原诗大致相似，基本保留了诗行形式、事物意象、音节韵脚（如贾岛的《剑客》），有的则与原诗相去甚远，故意丢弃了一些诗韵元素（如刘方平的《春怨》，只剩下了原作中前半首"纱窗日落渐黄昏，金屋无人见泪痕"的形象，而完全没有了后半首"寂寞空庭春欲晚，梨花满地不开门"的意境）。

三

当然，仅仅把克洛岱尔仿写的诗与汉语原诗进行比较恐怕还不能说明问题，在此，我们需要把克洛岱尔写的中国小诗与曾仲鸣翻译的法语文本来作一番比较，才能清楚地看到，曾仲鸣翻译的诗是基本不走样的"翻译",比较忠实原文,而克洛岱尔的改写处理,相比较于曾仲鸣的翻译,则应该算是比较灵活的、自由度很大的"改写"。曾仲鸣的翻译是把唐诗直译为法语,让法国的读者懂得其中的奥妙,而克洛岱尔的"小诗"则完全是他受中国诗(已经由曾仲鸣翻译成法语)的启发而写出的新的意境、新的情感、新的美文。

关于曾仲鸣译文的可靠性:我们可以从几首诗的翻译中一窥真相。例如,李频的诗《渡汉江》原文为:"岭外音书断,经冬复历春。近乡情更怯,不敢问来人。"到了曾仲鸣的笔下,李频的这首,题目依然为《汉江上》,由笔者"忠诚老实"地回译成汉语的文字大致是:"故乡久时无消息,经冬历春复冬春。近乡情怯心更紧,惶惶不敢问来人"。贺知章的那首《回乡偶书》,曾仲鸣的译文忠实得几乎一字不变:"少小离家老大还,乡音未改鬓发白。儿童相见不相识,笑问客从何处来"。有心的读者会注意到,它与贺知章的原诗只差一个字:鬓毛"衰"成了鬓发"白"。

而克洛岱尔根据曾仲鸣"忠实"的译文,则产生了"不忠实"的遐想,可谓浮想联翩,融于天地,神游八极。面对李频的那首《渡汉江》,克洛岱尔写成了:

回乡（一）

多长时间了，我的天，自从我离开家乡！

明媚的春光已过，杳无音信！明媚的秋色已过！

如今我回归了，我认出了家乡……

父亲，您可认出了我？——他是谁？——母亲，您可认出了我？

——是他！

而那首在中国妇孺皆知的《回乡偶书》，克洛岱尔把它变成了某种形式的对话：

回乡（二）

是我，我没有变！"喂，旅人，你从哪里来？"

为何这样瞧着我？我是原本那个人

为何这些新面孔，没人与我来相认？

众人面面相觑："喂，旅人，你从哪里来？"

细心的读者会发现，这两首诗，被克洛岱尔冠以同样的题目《回乡》。而在第一首中，李频原诗中的"近乡情更怯，不敢问来人"，变成了克洛岱尔所理解的回乡者的"认出家乡"，还有父亲的一句"他是谁？"

所透出的不敢相认的疑惑,以及母亲的一句"是他"的直言相认。此情此境本是李频原诗中有的,但到了克洛岱尔笔下,人物关系更为直接,话语也更符合人物身份。这恐怕是戏剧诗人克洛岱尔的特色话语。

而克洛岱尔仿写的贺知章的那首《回乡》,全诗几乎都成为归乡人的内心独白,其间,一头一尾还穿插有故乡人的重复问话。在我看来,这更是一种戏剧舞台化的对话。引号中的"喂,旅人,你从哪里来?"前后重复两遍,表示故乡人(已经不局限于"儿童"了,问话者中兴许包括了男女老幼)的持续疑惑。而第一到第三行中的"是我""为何"都是回乡者旁白中的关键词,是他想对乡亲们说而没有说出口的话。第四行中的"众人面面相觑"不知所措的状态,则是戏剧对话之外的"舞台提示语"。于是,在克洛岱尔的导演之下,一场"回乡"戏就可以这样开演了。

再看一首刘长卿的《送灵澈上人》,原诗曰:"苍苍竹林寺,杳杳钟声晚。荷笠带斜阳,青山独归远。"曾仲鸣的译文也是中规中矩,这从笔者的回译中便可见出,即便拐了两道弯,画面意境还是原来的:《送别灵澈》:"竹林藏古寺,遥钟响暮晚,孤身披残阳,青山独行远"。而克洛岱尔的仿诗,则舍弃了"竹林寺""荷笠带斜阳"等意象,而独独在"慢慢"

（lentement）"缓缓"（peu à peu）"墨黛"（presque noire）上下功夫，别有一层韵味。请看：

蓝　夜

树林在我身后慢慢闭合
钟声在我身后一声声响起对我道别
我进入，上上下下，我缓缓浸入
蓝透而几近墨黛的长夜。

说到曾仲鸣（1896—1939），也算得上是中国现代史上的一位奇人。他是福建闽县人，1912年留学法国，与汪精卫夫妇是很好的朋友，当时，才是少年郎的曾仲鸣在蔡元培和汪精卫等人的教导下学习中文，除熟读古文之外，还练书法，赋诗作词。除上文说到的那一本《冬夜的梦——唐人绝句百首》之外，曾仲鸣还曾译有《中国无名氏古诗选译》（1923年出版于里昂）。抗战中，曾仲鸣一直追随"兄长"汪精卫，1939年3月21日，在越南河内的汪精卫寓所中，被前来刺杀汪精卫的军统杀手误刺身死。此是后话，就此打住。

还是回来说克洛岱尔的《仿中国小诗》。

首先，可以肯定，这是中国的古诗，尤其是唐诗。它的种种意境在克洛岱尔的笔下依然存在。

其次,这是一种译文的转化,且不论翻译的人是曾仲鸣,转化的是克洛岱尔,还是相反或别的说法。

再次,这是一种"新"的诗文。可看成克洛岱尔理解的中国诗歌的意境,同时也是克洛岱尔转达的"诗情画意"。总之,这是克洛岱尔的文字世界。

四

这样的诗,克洛岱尔还有一集,名《仿中国诗补》(*Autres Poèmes d'après le Chinois*)。一共十七首,涉及的诗人有苏东坡、张若虚、李巎、张九龄、李白、杜甫、李清照、张籍等。

而这一次,每一首,克洛岱尔并没有同时用英语再写一遍,仅仅只有法语的仿诗。而且,所依据的中国原诗,也并不局限于唐诗。

请看这一首:

情人星

在灿烂天河的岸边
情人怯怯地迈步向前

迢迢星汉把他们阻拦

心爱的人留在银河对岸

但是他,一见她的影踪

一只脚就悬在了空中!

原来是《古诗十九首》中的《迢迢牵牛星》。原诗为:"迢迢牵牛星,皎皎河汉女。纤纤擢素手,札札弄机杼。终日不成章,泣涕零如雨。河汉清且浅,相去复几许?盈盈一水间,脉脉不得语。"

再看这一首:

绝 望

呼叫!呼叫!

哀求!哀求!

等待!等待!

做梦!做梦!做梦!

哭泣!哭泣!哭泣!

痛苦!痛苦!痛苦!我的心!

依然!依然!

永远!永远!永远!

>　　内心！内心！
>
>　　忧伤！忧伤！
>
>　　生存！生存！
>
>　　死去！死去！死去！死去！

　　你猜是谁的：李清照！

　　原词是《声声慢·寻寻觅觅》："寻寻觅觅，冷冷清清，凄凄惨惨戚戚。乍暖还寒时候，最难将息。三杯两盏淡酒，怎敌他晚来风急？雁过也，正伤心，却是旧时相识。//满地黄花堆积。憔悴损，如今有谁堪摘？守着窗儿，独自怎生得黑？梧桐更兼细雨，到黄昏，点点滴滴。这次第，怎一个愁字了得！"

　　据一些法国研究者考据，这些"诗补"大多是诗人克洛岱尔准备报告《法国诗歌与远东》时改写的，应该写于1937年前后，与《仿中国小诗》几乎是在同一时期陆续发表的。诗歌改写依据的本子是19世纪时法国女诗人俞第德·戈蒂埃（Judith Gautier，著名诗人泰奥菲尔·戈蒂埃的女儿）所翻译的《玉书》（*Le Livre de Jade*）。克洛岱尔的改写就写在那本书的页边，标明的日期是1937年11月。可以明显看出，克洛岱尔的译写依然比较自由，而且是在俞第德译本基础上的改写,故而与原本的汉诗有很大不同。

五

笔者对克洛岱尔有三十年断断续续的研究和翻译经历。先不说研究,仅翻译就有克洛岱尔的剧本五个:《缎子鞋》《城市》《正午的分界》《交换》《给圣母马利亚报信》,2018年开始翻译了这位诗人剧作家的诗集:《五大颂歌》《向新世纪致敬的圣歌》《三声部康塔塔》《认识东方》《仿中国小诗》《仿中国诗补》等,有的已经交稿,等待出版,有的则仍在翻译或修改中,不急于交稿(如《仿中国小诗》《仿中国诗补》这两个集子)。

在随翻译而作的各种各样的阅读中,我突然发现了钱钟书先生《谈艺录》中的一段文字,写的有关克洛岱尔的《仿中国小诗》与《仿中国诗补》。不过钱先生写的重点,是对所谓的旅欧"大"诗人丁敦龄的嘲讽。丁敦龄即是当年在俞第德·戈蒂埃家教她中文的那个清朝落魄文人。钱钟书先生的这段话源自《谈艺录》第九章《长吉字法》的最开头,字数不多,兹录如下(略有删节,用[……]括出):

"近世欧美诗人中,戈蒂埃之名见于吾国载籍甚早,仅视美国之朗费罗稍后耳[……]张德彝《再叙奇》同治八年正月初五日记志刚、孙家穀两'钦宪'约'法人欧建暨山西人丁敦龄者在寓晚馔',又二月二十一日记'欧健请志、孙两钦宪晚馔'。欧健即戈蒂埃;丁敦龄即Tin-Tun-Ling,曾与戈蒂埃女(Judith Gautier)共选译中国古今人诗成集,题汉名曰《白玉诗书》(*Le Livre de Jade*, 1867),颇开风气。[……]张德彝记丁'品行卑汙',诱拐人妻女,自称曾中'举人',以罔外夷,'现为欧健之记室。据外人云,恐其傲入幕之宾矣。'戈氏之友记丁本卖药为生,居戈家,以汉文授其两女,时时不告而取财物。[……]其人实文理不通,观译诗汉文命名,用'书'字而不用'集'或'选'字,足见一斑。文理通顺与否,本不系乎举人头衔之真假。然丁不仅冒充举人,亦且冒充诗人,俨若与杜少陵、李太白、苏东坡、李易安辈把臂入林,取己恶诗多篇,俾戈女译而蠹其间。颜厚于甲,胆大过身,欺远人之无知也。后来克洛岱尔择《白玉诗书》中十七首,润色重译(*Autres Poèmes d'après le Chinois*),赫然有丁诗一首在焉。Tin-

Tun-Ling；'L'ombre des feuilles d'oranger' in Paul Claudel，*Oeuvre Poétique*；La Pléiade，1967，947；cf. Judith Gautier，*Le Livre de Jade*，éd. Plon，1933，97. 未识原文作底言语，想尚不及《东阳夜怪录》中敬去文、苗介立辈赋咏。此虽只谈资笑枋，亦足以发。词章为语言文字之结体赋形，诗歌与语文尤黏合无间。故译诗者而不深解异国原文，或赁目于他人，或红纱笼己眼，势必如《淮南子·主术训》所谓：'瞽师有以言黑白，无以知黑白'，勿辨所译诗之原文是佳是恶。译者驱使本国文字，其功夫或非作者驱使原文所能及，故译笔正无妨出原著头地。克洛岱尔译丁敦龄诗是矣。"

克洛岱尔所译丁敦龄的那一首"恶诗"在此"现丑"如下：

橘叶的影子

橘叶的疏影

在轻柔的膝上温存

就仿佛有人

撕碎了我的丝裙！

这样的一首，不仅混迹于苏东坡的《春江水暖》、李白的《少年行》、张若虚的《春江花月夜》(选句)之中，骗过了女诗人俞第德·戈蒂埃，入选《玉书》之列①；居然也骗过了法国大诗人保尔·克洛岱尔的眼睛，劳动他辛苦改写（或说"润色改译"）。此事，当属文学史、翻译史中的一段"八卦奇谈"。我相信，克洛岱尔的译文（改写）如钱钟书所言，大抵能"出原著头地"。

而李白的《少年行》，原诗为"五陵年少金市东，银鞍白马度春风。落花踏尽游何处，笑入胡姬酒肆中"，克洛岱尔改写成这样：

少年行

俊朗少年何其美
风度翩翩策马飞！

向前，穿越着人生！
迎着太阳迎着风！

---

① 丁敦玲的原诗待查。而在《玉书》中，还收有丁敦龄的另外三首诗，分别题为《白发》《小花嘲青松》《赴直隶》。

迎着空荡荡的乡间
一路飞奔勇往直前！

在他洒脱的马蹄下
花瓣纷纷飞落旋转！

恰如飞雪纷纷落地！
他停住马。我在哪里，我去哪里？

此时他听到传来笑声

一阵女人的轻柔笑声
隐隐飘在桃花丛中！

苏东坡的《春江水暖》，原诗是"竹外桃花三两枝，春江水暖鸭先知。蒌蒿满地芦芽短，正是河豚欲上时。"克洛岱尔改写为：

竹林里

在喧动的竹林里
一根红色的渔竿支起

要相信鸭子的暖感
夏季来得实不太晚

我们的园子里遍长了
蒌蒿与芹菜
萝卜与生菜

再没有比从融雪之水
钓得的鱼更鲜的美味。

克洛岱尔的仿写，既保留了意境，又有了新的理解和表达，从"渔竿"看到了"夏季"，这样的联想与遐思，也算得上是法国大诗人迻译改写中国大诗人的成功尝试了。

六

经典作品的改写（不止仿写）是西方文学史的一个传统。最悠久最著名的古希腊悲剧的几大母题故事，就得到了后世诗人剧作家的多种改写，产生了各个时代的翻版。对埃斯库罗斯的《俄瑞斯忒斯》三部曲（《阿伽门农》《奠酒人》《复仇女神》，克洛岱尔自己就曾经改写过。而《俄瑞斯忒斯》中厄勒克特拉说服弟弟俄瑞斯忒斯杀母报父仇（杀死母亲克吕泰姆涅斯特为父亲阿伽门农报仇）的情节，在索福克勒斯和欧里庇得斯的《厄勒克特拉》中也都有写过。

到了20世纪，法国剧作家季洛杜就写过另一出《厄勒克特拉》。而与季洛杜同时代的萨特，在《苍蝇》一剧，以厄勒克特拉与俄瑞斯忒斯故事的"旧瓶"，装上了存在主义思潮的"新酒"，再现了有20世纪时代特征的"复仇女神"形象，他笔下的俄瑞斯忒斯成了一个敢于直面人类荒诞命运，敢于以行动来负责任的存在主义哲人。①

可以说，后世之人回到古代悲剧家的神话原型上来，并不是要重新再现该题材，而只是借用这个素材，其创造性必定另有所指。改写者并不在乎事件、情节、结局会如何，而在意自己对此会作出什么样的诠释。而在改写中，作家对同一母题中不同情感因素、不同行为动机、不同存在意义的揭示，则是前所未有的，独一无二的。

加拿大女作家阿特伍德的《珀涅罗珀记》重构了

---

① 笔者曾翻译的法语小说乔纳森·利特尔（Jonathan Littel）的《复仇女神》(Les Bienveillantes)，也是借希腊神话中"复仇女神"的故事，来影射第二次世界大战中以及战后一个德国党卫军军官的个人经历。

荷马史诗《奥德赛》，让经典神话的主人公奥德修斯从故事中退出，将叙述权交给了他的妻子珀涅罗珀和她十二个被吊死的女仆，向读者展示了安宁、平和、充满温馨的妇女生活。法国作家图尼埃的《礼拜五或太平洋上的虚无缥缈境》反写了《鲁滨逊漂流记》的故事，让野蛮人礼拜五教化了文明人鲁滨逊，让鲁滨逊放弃了回欧洲的念头，继续留在小岛上与大自然和谐共处。

而在中国，后人读前人的诗歌，读了有感，再写一首，以为唱和，这样的佳话在诗歌史上比比皆是，小小的一个黄鹤楼上就有多少人写了名为《黄鹤楼》的诗啊。想当年，崔颢写下"昔人已乘黄鹤去，此地空余黄鹤楼。黄鹤一去不复返，白云千载空悠悠"这样的佳句，传说，诗仙李白读了不禁感慨万千，自嘲曰："眼前有景道不得，崔颢题诗在上头"。

另外，也有两个或三个甚至一帮子文人骚客，就同一个题目，分别依韵作诗，形成唱和的。我记得经典小说《红楼梦》第三十七回中就描写了大观园"海棠诗社"结社后众姊妹《咏白海棠》的唱和，李纨评诗，迎春限韵，于是，薛宝钗、林黛玉、贾宝玉、贾探春、史湘云等人各显神通，依韵唱和。

而克洛岱尔对中国古诗作"仿写"，只是后世众多诗人对往昔诗人（而且是外国的诗人）作品的欣赏、解读、唱和的一种尝试。本来，克洛岱尔早已抛弃"韵文诗"多年，只用仿"圣经体"的"verset诗行"写诗，而晚年为了"仿写"两集《仿中国小诗》和《仿中国诗补》，重又拾起了荒废多年的韵文诗形式。

多年之后，我读到了台湾诗人余光中先生的晚年诗集《太阳点名》，其中有一辑，专名为"唐诗神游"。收录其中的那些小品，照余光中先生的话，"或是顺着某首名作之趣更深入探讨，或是逆其意趣而作翻案文章；或抉发古人之诗艺竟暗通今人之技巧，或以画证诗，或贯通中外"。里头有一首题为《江雪》，是对柳宗元某种形式的致敬。

柳宗元原诗曰："千山鸟飞绝，万径人踪灭。孤舟蓑笠翁，独钓寒江雪。"

余光中写的是：

> 这能充水墨画么
> 绝而且灭
> 独而且孤
> 就凭那一缕钓丝
> 由真入幻，由实入虚
> 能接通鱼的心事？

太紧，未免会泄密，
太松，又恐像钓名
王维说，磨墨吧
管它好不好画
都不妨试试

无独有偶，在《仿中国小诗》中，法国的克洛岱尔也早就写了这首《江雪》，却题名为《冰河》：

千山纹丝不动无一鸟飞翔！
万路两行车辙无一人行旅！
渔翁独坐在那冰河的中央
钓一条暗流底下乌有的鱼！

他的同题英语诗是这样的：

The frozen river

The long slow lines of the mountains swelling

The long snow trail of the path passing

And the bewitched fisherman in the midst of the frozen river

Alluring from the secret river an abstract fish.

"江雪"与"冰河"完全对应，可以说是百分百的"直译"；柳宗元笔底"孤舟独钓"诗情，在余光中笔下，却凭着"钓丝"从实走向虚，是对原诗画意的展望。而克洛岱尔笔下"暗流底下乌有的鱼"与余光中笔下"接通鱼的心事"，却又是何等的心心相通，两位既是读者又是续诗作者的人，都从河东先生的诗中看到了水底之鱼！文学的阅读就是这样的奇迹，"冰河""江雪"中，已经有了柳宗元、克洛岱尔、余光中三位自言孤独而并非孤独的"蓑笠翁"，再加上笔者读者"你""我"，让我们唱和赏析"为伍（五）"，岂不美哉！

(本文原载《书城》2019年第2期，收入本书时小有改动。)